KB058565

언젠간 잘 리고,
회사는 망 하고,
우리는 죽 는다!

언젠간 잘 리고,
회사는 망 하고,
우리는 죽 는다!

이동수 지음

신인류 직장인의 해방 일지

알에이치코리아

방송작가 일을 10년 정도 해오면서 열정은 이미 애저녁에 닳아 없어졌지만, 막상 그만두고 다른 인생을 살 용기는 없는 순간이 있었다. 있는 듯 없는 듯 그저 나에게 할당된 일들만 영혼 없이 해치워나갈 무렵 MBC 〈아무튼 출근〉이라는 프로그램에서 이동수 대리님을 만나게 됐다. BC카드 이동수 대리 편을 촬영한 지가 1년이 넘었지만, 아직도 이동수 대리님에 대한 첫 기억은 강렬하게 남아 있다.

청바지 차림에 손에는 반지를 긴 채, 단발머리를 하고 출근하는 아저씨. "작가님, 저 방송에 잘 나오려고 어제 머리 볶았어요"라며 씨익 웃는 얼굴을 보고 솔직히 '방송 괜찮을까?'라고 생각했다. 용모 단정, 복장 준수하지 않은 겉모습에 의심이 가득했는데 웬걸, 회의를 주도하고 본인이 계획한 프로젝트를 성사시키는 능력자였다. '오… 좀 반전인데?' 싶었다.

게다가 "저를 안 좋게 보는 직장 동료는… 저도 그 사람을 안 좋게 봐서 상관없어요", "일보다 중요한 건 내 인생! 지나고 보면 승진 날짜는 기억이 안 나도 우리 아이가 태어난 순간은 잊을 수 없잖아요. 그래서 승진 대신 육아휴직을 선택한 걸 저는 하나도 후회하지 않아요"라며 회사 홍보 팀이 지켜보는 앞에서 당당하게 말하는 신인류적인 모습에 촬영이 끝날 무렵에는 이동수 대리님에게 뿅 갔다. (이성으로 반한 것 아님)

'직장인 이동수'의 하루를 20분 분량의 방송에 담아내느라 어쩔 수 없이 덜어내야 했던 '인간 이동수'의 매력이 책에는 고스란히 담겨 있다. 가볍지만 결코 얕지 않게. 저자를 닮아 진솔하고 유쾌한 책을 읽으며, 스스로 어떻게 해야 내 정신 건강을 해치지 않으며 즐겁게 밥벌이를 할 수 있을지, 내 삶에 어떤 가치들을 우선순위로 놓고 사는 게 좋을지를 다시금 생각하게 됐다. 인생을 어떻게 살 것인지 알려주는 거창함보다는, 각자만의 목적지까지 기왕 가는 거 좀 더 재미나게 가는 법을 생각하게끔 해주는 책이다.

정유나, MBC <아무튼 출근> 작가

27살의 그를 기억한다. 미국의 아칸소주립대학교 교환학생 시절이었다. 처음 마주친 그는 지금처럼 머리가 길었고, 훤칠한 키만큼 자신감이 넘쳤다. 남들과 조금 달랐지만, 그 다름을 당당하게 말할 수 있는 사람이었다. 27살의 그와 40살의 그가 여전히 같은 모습으로 내 옆에 있다. 늘 자신 있게 자신의 생각을 말하고, 그걸 행동으로 옮기는 사람, 그 모습을 꿋꿋하게 지키며 삶을 완성해가는 그의 곤조가 놀랍다. 시간이 지나 그걸 지켜내기 힘든 걸 알기에….

함께한 지난 13년 동안, 누구보다 그와 대화를 많이 한 사람으로서, 그의 첫 책이 설렘으로 기다려진다. 나는 그의 글을 좋아한다. 콤플렉스인 필체를 들키지 않으려고 꾹꾹 눌러쓴 그의 글씨를 좋아한다. 글은 느리지만 그 안에 다듬어지지 않은 진심과 그의 생각이 녹아져 있기 때문이다. 이 책처럼 말이다.

그는 나에게 어떤 사람일까? 추천사를 앞두고 긴 시간을 고민했다. 그는 늘 틀에 박혀 있고 조그맣던 22살의 내 세상을 확장시켜주었고, 나의 가치관을 넓혀주었다. 20대의 내가, 30대의 내가 그에게 스며들었듯이 독자들에게도 그의 마음들이 닿았으면 좋겠다.

끝으로 여전히 멋진 그가 소담이와 동하의 아빠라는 거, 나의 배우자라는 것이 자랑스럽고, 사랑과 감사, 존경의 마음을 이 글로 대신하고 싶다.

꽃 도둑의 그녀, 이소정

1983년 4월 1일 만우절, 나는 거짓말처럼 태어났다. 그리고 2011년 기적처럼 취업을 했다. 지난 세월이 마치 취업을 위해 존재한 것처럼 마음이 벅차올랐다. 멋진 사원증이 목에 걸리고, 대기업 로고가 박힌 명함이 나왔다. 신식 사무실에 컴퓨터와 듀얼 모니터가 있는, 창창한 앞날을 함께할 내 자리에 앉은 순간, 벅차오르는 마음을 가다듬고 모니터에 이렇게 써 붙였다.

'언젠간 잘리고, 회사는 망하고, 우리는 죽는다.'

하하 하하 하하하하, 어떠냐? 이것이 신입사원의 패기다!
이 문구는 '신입사원 이동수'가 아닌 '인간 이동수'에게 보내는 다짐이었다.
"회사가 내 삶을 잡아먹도록 놔두지 않겠어!"

신입사원 시절 동기 몇 명과 함께 임원과 오찬을 한 적이 있다. 근사한 레스토랑에서 스테이크가 메인 요리로 나왔고, 레드 와인도 준비되어 있었다. 점심시간에 임원과 즐기는 스테이크와 와인이라니…. 우리 신입사원들은 요가를 하듯이 허리를 꼿꼿이 세우고 비둘기처럼 고개를 끄덕끄덕할 준비를 했다. 식사는 시작되었고 '임원님의 화려한 직장 생활 꿀팁을 주시면 영광이겠습니다'라는 자세로 한 명씩 돌아가며 질문을 했다. 아니, 해야만 했다.

"회사 생활에서 기억 남는 일이 있으신가요?"

"어떻게 커리어 관리를 하셨나요?"

"신입사원에게 한 가지 팁을 주신다면요?"

그때 어떤 키 크고 까무잡잡한 녀석이 물었다.

"워라밸이 중요하다고 생각하는데 어떻게 워라밸을 챙기고 있으신지 궁금합니다."

"뭐? 워라밸?"

분위기가 싸늘하다. 아무래도 잘못 건드린 것 같다. 임원님은 나이프와 포크를 내려놓고 우아하게 입을 닦으며 말할 준비를 마쳤다.

"하아… 요즘 젊은이들 워라밸, 워라밸 하는데 그럼 일은 누가 하나? 젊을 때 일을 해야 실력도 쌓이고 승진도 하는 거지. 회사를 위해 일해야지 신입사원이 벌써부터 뭐? 워라밸? 너처럼 생각하던 직원들 지금 다 어떻게 된 줄 알아? 나 신입사원이었을 때 대리, 과장들 다 제치고 내가 임원이 된 거야. 다 지금 내 밑에 있다고. 무슨 말인 줄 알아? 열심히 일하다가 나 정도 위치가 되면 그때 즐길 수 있는 게 워라밸이다."

가슴에 꼰대의 잔소리가 날아와 꽂혔다. 하지만 걱정하지 않는다. 귀는 닫고 고개만 끄덕이면 되니까. 스테이크 소스 찍어서 한 입, 샐러드도 맛있게 한 입, 마지막으로 와인 한 잔.

꼰대력 10만 정도 되는 이야기를 듣다 보니 자연히 이 사람은 멀리해야겠다고 생각했다. 다행히 그분은 1년이 채 안 되어 어디 먼 곳으로 사라지셨다. 다른 곳의 임원 자리를 찾지 못해 일반인이 되었다는 소식이 어렴풋이 기억난다. 지금은 그 임원의 이름도, 얼굴도 잘 기억나지 않지만, 그때 나의 다짐은 기억난다.

'난 저렇게 살지 말아야지.'

이전 세대의 희생 덕에 우리나라 경제는 눈부시게 발전했지만,
이전 세대의 희생 탓에 우리나라 가족은 함께할 시간을 잃었다.
동료들과 한솥밥을 먹는 사이 기업은 발전했지만,
동료들과 한솥밥을 먹는 사이 가족은 멀어졌다.

홍상수 감독의 영화 제목 〈지금은 맞고 그때는 틀리다〉가 생

각난다. 그때는 나와 회사를 동일시하는 게 맞았을지 모르지만, 지금은 아니다. 그렇다고 '틀리다'라고 하기에는 조금 폭력적인 것 같다.

'그때도 맞고, 지금도 맞다.'

'너도 맞고, 나도 맞다.'

이전 세대의 공동체 정신과 사회를 위한 헌신적인 삶도 맞고, 지금 세대의 개인 행복과 나를 위한 욜로적인 삶도 맞다.

사실 우리의 인생, 모두 다 맞다.

언젠가 책을 낸다면 어떤 책을 낼 것인가 상상해본 적이 있다. 그 책에는 어떠한 멋진 이론도 들어 있지 않은 나의 이야기였으면 좋겠다고 생각했다. 소담이와 동하가 '아빠는 이런 사람이었구나' 하고 고개를 끄덕일 만한 것이면 했다. 소수에게 울림을 줄 수 있으면 더할 나위 없을 것 같았다.

이 책을 통해서 여러분이 진정으로 원하는 삶을 좀 더 생생하게 그려보고, 스스로의 삶에 대하여 생각해보는 계기가 되었으면 좋겠다. 여러분이 행복하고 잘 살았으면 좋겠다.

물론, 내가 더 잘 되었으면 좋겠지만 말이다.

3부 찌질하지만 열심히 살았다고요

1부

회사보다 중요한 건
제 인생인데요?

대충 이 정도면
굿모닝 아닌가요?

좋은 아침이다.

오늘따라 유독 일어나기 싫은 걸 보니 정상이다. 눈을 뜨기 전 몸 상태를 체크한다. 어떤 자세로 자고 있지? 몸이 저린 곳은 없나? 뭉친 어깨는 풀렸나? 어제 어떻게 잠들었지? 아니 침대에 누운 시간 말고 잠든 시간은 몇 시지? 그럼 몇 시간 잔 거지? 출근까지 몇 분 남았지?

'아… 좀 더 자야겠다.'

우리 딸 소담이는 무서울 정도로 벌떡벌떡 일어난다. 휴일이 되면 "아빠 놀자!"라고 말하는 동시에 기상이다. '얘는 뭐지? 어떻게 저렇게 만화같이 일어나는 거지?'라고 생각이 들 정도다. 딱 봐도 몸에 피곤함이 전혀 없다. 자고 싶을 때 자고, 몸이 다 회복되어 일어나고 싶을 때 일어나는 최고의 몸 상태! 아마 아이에게 '피곤함'을 아무리 설명해도 이해하지 못할 것이다. 피곤함은 힘든 것도 아니고, 아픈 것도 아니고, 나른한 것도 아니니까.

나도 아이처럼 끝장나게 놀고 푹 자고 일어나서 또 놀고 이렇게 살았던 적이 있었던가? 그런데 왜 이렇게 사는 게 피곤해진 거지? 나도 어렸을 땐 벌떡벌떡 잘도 일어났겠지? 나만 피곤한가? 10년이 넘게 출근했지만, 출근 시간만큼은 아직도 적응이 안 된다.

정신이 깼다. 뭔가 느낌이 이상하다. 왠지 알람이 울릴 것 같은 느낌이다.

'삐빕ㅂ-'

아니나 다를까? 귀신같이 첫 번째 알람이 울린다. 알람이 울리자마자 1초 만에 꺼버린다. 아직 눈은 뜨지 않았다. 눈을 감은 채로 계산해본다. 알람이 울렸으니 분명 6시 20분이다. 준비하는 데 보통 15분이 걸리지만, 조금 서두르면 10분 컷도 가능하다. 5분 벌었다. 그리고 5분 더 잔다. 잔다기보단 다음 알람을 기다린다는 표현이 정확하겠다. 그 사이 한 번 더 생각한다. 지하철역에서 회사까지 10분 거리인데 뛰어가면 5분 컷도 가능하다. 그리고 5분 더 누워 있는다. 4분, 3분, 2분⋯ 서서히 내 정신도 잠에서 깬다. 1분, 땡! 세 번째 알람이 울렸다.

6시 30분! 이젠 퇴로가 막혔다. 무조건 일어나서 빠듯하게 움직인다. 이번엔 나도 벌떡 일어난다. 바로 화장실에 가서 머리를 대충 헹구고, 양치질을 한다. 면도까지 하려면 5분 컷이 불가능하지만 괜찮다. 마스크가 있다. 방으로 들어가 늘 입던 옷을 입고 후다닥 집을 나선다. 전동킥보드를 타고 지하철역까지 씽씽 달린다. 새벽 공기가 얼굴을 때리니 잠이 훅 깬다. 내일부터는 조금 더 일찍 일어나자고 다짐하지만, 아마 못 일어날 거란걸 안다. 나쁘지 않은 아침이라는 생각이 든다.

지하철에 도착했다. 남들보다 먼 곳에 집이 있는 탓에 남들보다 조금 더 이른 시간에 지하철을 탄다. 마침 지하철도 종점 근처다. 덕분에 자리에 앉아서 갈 수 있다. 앉자마자 조그마한 맥북을 켠다.

지금부터 내 시간이다. 내가 좋아하는 영상을 편집하기도 하고 다음 영상 아이디어를 기록하기도 한다. 회사가 멀어서 어쩔 수 없이 일찍 일어나게 되고, 출근 시간을 활용할 수 있으니 그것도 나름 나쁘지 않다고 생각해본다. 양재에서 환승을 하고 을지로에 도착했다.

이제 뛸 시간이다. 5분 안에 도착하기만 하면 된다. 전력 질주는 아니더라도 꽤 빠른 속도로 걷는다. 출근 시간에 을지로 4가를 가면 나이 많은 어르신들이 많다.

달리다가 숨이 조금 차오를 때쯤 생각한다.

'30년 후에 나도 지금 이렇게 마음껏 뛰는 젊음이 부럽겠지?'

아직 두 다리 멀쩡하게 뛸 수 있는 젊음에 감사하다.

7시 59분, 사무실 도착. 지각은 면했다. 다행이다.

나의 아침은 늘 이런 식이다. 타이트하다. 물론 나도 1시간 일찍 일어나서 정갈하게 샤워를 하고, 머리를 말리고 말끔한 옷으로 차려입고 회사에 가는 상상을 하지만 그런 상상은 좀처럼 현실이 되지 않는다.

왜 그럴까 생각해본다. 회사가 재미없어서 그런 건가? 회사가 가기 싫어서 그런 건가? 하기 싫은 걸 해야 해서 그런 건가? 이유는 잘 모르겠지만, 회사를 다니는 한 나의 아침은 늘 같은 모습일 거라는 생각이 든다.

그렇다고 자책은 하지 않는다. '어쩌면 마지막까지 미루고 시작하는 것이 가장 효율적이다'는 말로 위안을 삼는다. 나는 안다. 우리나라 수백만의 직장인이 나와 비슷한 모습일 거라는 걸. 이 정도면 나쁘지 않은 아침이다.

굿모닝이다.

회사 일을
내 일처럼 하면,
내 일은 회사가
해주나요?

모든 사장은 '회사 일을 내 일처럼 하는 직원'을 원한다. 경제적 풍요가 중요했던 이전 세대들은 가족을 부양할 돈을 주는 회사에 몰빵했다. 그곳에서 자신의 존재와 가치를 증명했다. 출근하고, 야근하고, 회식하고 쓰러져 자면서 '저녁이 있는 삶'을 빼앗겼다. 나의 가족이 어떻게 살아가는지 살펴볼 시간이 없었다. 내가 무엇을 위해 살고 있는지 생각해볼 여유를 잃었다.

시대가 지난 지금도 마찬가지다. 모든 사장은 '회사 일을 내 일처럼 하는 직원'을 원한다. 그러나 직원들은 더 이상 회사에 올인하지 않는다. 사실, 사장이 '회사 일을 내 일처럼 하는 직원'을 원하는 이유는, 사장이 하나하나 신경 쓸 수 없고, 쓰고 싶지 않기 때문이다. 사장은 자신이 없어도 돌아가는 시스템을 만들고 싶어 한다. 그 시스템이 만들어지면 자신은 크게 할 일이 없다. 사장 개인 시간이 늘어나는 것이다. 그러니 '회사 일을 내 일처럼 하는 직원'을 원할 수밖에. 그래서인지 회사 엘리베이터를 타면 온갖 일 잘하는 방법, 성과 내는 방법이 모니터에 흘러나온다.

> ◇ '보고서는 팩트 기반 간결하게 써라.'
> ◇ '회사에 네 일 내 일은 없다. 모든 게 내 일이다.'
> ◇ '시작을 했으면 성과를 내라.'
> ◇ '회의는 짧고 굵게!'
> ◇ '회사는 공부하는 곳이 아니라 성과를 내는 곳이다.'
> ◇ '돈을 받고 일하는 자는 프로다. 프로답게 일하라.'

우리는 매년 한 해의 목표를 설정하고, 매월 실적을 리포트하고, 매주 진도율을 보며 어떻게 목표를 조기 달성할 수 있을지 회의를 한다. 그리고 '일 잘하는 법', '성과 내는 법'에 대한 수많은 책을 추천하기도 한다. 그렇게 달려오다가 뒤돌아보니 갑자기 공허하다.

✧ '회사 일을 내 일처럼 하면 내 일은 언제 하지?'

✧ '회사에는 할 일이 쌓여 있는데, 퇴근하면 할 일이 없네?'

✧ '회사에서는 연간 목표 / 월간 목표 / 주간 목표 / 일 실적을 관리하는데, 정작 올해 나의 목표는 세우지도 않았네?'

✧ '정말 내 삶이 회사보다 더 소중한 것 맞나?'

어딘가 잘못됐다. 회사에서는 분명 하기 싫은 일, 귀찮은 일 심지어 내 일이 아닌 일도 하는데, 내 삶에서는 배우고 싶은 악기, 해보고 싶은 운동, 가보고 싶은 장소를 뭉개고 있다.

결국 사장같이 일해야 할 사람은 사장밖에 없다. 내 삶을 살 사람도 나밖에 없다. 내 삶에서는 내가 사장이고 주인이다. 그러니 내 삶에서만큼은 '내가 사장이다' 생각하고 내 일처럼 일해야 한다. 일을 했으면 결과를 가져와야 하듯이, 삶을 살았으면 경험한 것을 가져와야 한다. 일에 대한 평가도 무조건 후하게 줘야지. 회사에서 못 받아본 'S', 내 삶에서는 매년 남발해야지. 무조건 'S' 아니 'S+'다. 내 맘대로 평가를 해버리니 속이 후련하다.

이래서 사장이 좋은 거구나….

미안하지만
어차피 제 회사는
아니잖아요?

"어차피 제 회사는 아니잖아요?"

내가 썼지만, 참 무책임해 보이는 말이다. 프로답지 못해 보인달까? 잘못 뽑은 직원같다고나 할까? 그런데 이 말을 회사 동료나 나의 가족, 친구랑 이야기한다면 느낌이 달라진다. 거부감이나 위화감이 느껴지지 않는다. 당연하게 들린다. 가까운 관계에서는 오히려 "이 회사는 내 회사야!" 혹은 "난 회사 일을 내 일이라고 생각해"라고 말하는 사람이 있다면, 그 사람이 오히려…. (더 이상의 자세한 설명은 생략한다.)

내가 다니는 회사는 내 회사가 아니다. 내가 만들지도 않았고, 제아무리 열심히 일한다고 해도 내가 다니는 회사를 가질 수 있는 확률은 0%다. 죽었다 깨어나도 이 회사는 절대 절대 내 회사가 아니다. 그러니 회사를 내 회사라고 생각할 이유는 없다. 백날 로열티를 받아봐야 헛방이란 말이다.

10여 년 정도 회사를 다니면서 로열티 있는 직원들을 많이 봤다. 특히 로열티가 남달라서 임원으로 승진한 분이 계셨다.

"저는 우리 회사를 정말 사랑합니다."

"회사의 주인은 우리 모두입니다. 여러분도 내 회사다, 내 일이다 생각하고 일하십시오."

"저는 20년 만에 최연소 이사가 되었습니다. 여러분도 할 수 있습니다."

하루가 멀다 하고 직원을 독려하던 분이셨다. 얼마 후 타사로 이직하셨다. 연봉을 20% 정도 더 받았다는 후문도 들었다.

회사에서 가장 로열티 좋은 직원 10명을 모아놓고 연봉 두 배를 줄 테니 이직할 사람 손들라고 하면 최소 8명은 번쩍 들 것이다. 나머지 한 명은 연봉 세 배 준다고 하면 손들 것이다. 백퍼. 직원뿐만 아니라 임원도 마찬가지고 사장도 마찬가지다. 그러니 회사에 대한 로열티는 굳이 논쟁을 하지 않아도 되는 일이다.

회사에 로열티는 필요 없다. '내 회사가 아니다'라는 말은 무책임한 말이 아니라 그저 사실일 뿐이다. 적어도 나는 그렇다. 그렇다고 내 회사도 아닌데 월급루팡이나 하면 될까? 그건 또 그렇지 않다.

돌이켜보면 10년간 회사를 다니면서 열심히 했던 기간도 많았다. 데이터를 기다리며 밤을 새고 아침에 출근한 적도 있고, 가장 늦게 퇴근하고 가장 일찍 출근하면서 일했던 기간도 있었다. 그 시간이 지옥같이 싫었는가 하면 그렇지도 않다.

하지만 분명한 것은 나는 회사를 위해서 일했다기보다 내 삶을 위해서 일했다는 것이다. 비록 회사는 내 것이 아니지만, 회사에서의 일은 내 일이었기 때문이다. 그래서 회사를 위해서가 아니라 내 일을 위해서, 내 평판을 위해서, 내 몸값을 올리기 위해서 일했던 것 같다. 그렇기 때문에 회사를 사랑하지 않고서도 일을 열심히 그리고 잘할 수 있었다. 비록 내 회사는 아니지만, 회사를 다니고 있는 건 나니까 말이다.

항상 그랬다. 누군가는 초중고 동창회를 나가서 모교 사랑을 외치고, 군대 전우회를 결성해서 한번 고참은 영원한 고참을 외치기도 하고, 대학교 동문회에 나가서 사업이나 정치적으로 엮

이기도 하지만 나는 동문회, 동창회라는 이름의 모임에 나가본 적이 없다. 그 기관 자체를 사랑했던 적은 없는 것 같다. 나 스스로를 기관에 속한 어떤 사람이라고 여기는 것이 아니라 나의 삶에 여러 기관들이 속해 있다고 생각했다.

그 말이 그 말인 것 같지만 중요한 차이가 있다. 바로 주체다. 예를 들어 A라는 사람이 B라는 회사를 다닌다고 가정했을 때, 만약 회사를 주체로 둔다면 'B회사를 다니는 A'가 되고, 반대로 사람을 주체로 둔다면 'A가 다니는 B회사'가 된다. 첫 번째의 경우 회사가 A를 대변할 만큼 커보이고, 두 번째의 경우 회사보다는 A가 더 큰 존재로 느껴진다. 작은 차이지만, 나에게는 분명한 차이가 있다.

두 번째를 지향하는 나는, 내가 어느 기관에 속해 있는지가 크게 중요하지 않다. 나에게 중요한 것은 내가 속한 기관이 아니다. 내가 그곳에서 누구와 함께 일하는지, 어떤 일을 어떻게 했는지, 그 일이 얼마나 즐겁고, 얼마나 의미 있었는지가 중요하다. 그리고 그 조직이 만족스럽지 않다면, 혹은 보다 더 좋은 대안이 있다면 떠나면 그만이다.

"나를 위해 일해라."

써 놓고 보니 이런 생각이 든다. 만약 내가 회사를 차린다면 어떨까? 과연 나는 나 같은 사람을 뽑겠는가? 음… 거기까진 잘 모르겠다. 그건 그때 가서 생각하고, 일단은 지금 나에게 집중하겠다.

아무래도 나는 개인적인 사람인 것 같다.

직장인 2대 허언증을
아시나요?

"나 퇴사할 거야!"

"그래? 난 유튜브 할 건데!"

직장인 2대 허언증이다. 그리고 내가 바로 그 심각한 허언증을 가지고 있는 사람이다. 퇴사할 거란 말을 입사 때부터 하고 다녔다.

"딱 3년! 3년만 다니고 종잣돈 모아서 내 사업할 거야"라고 노래를 부르고 다녔다. 그런데 10년이 훌쩍 지난 지금까지도 실현하지 못하고 있다. 왜냐? 전제부터 잘못됐기 때문이다. 직장인은 3년 만에 종잣돈을 모을 수 없다는 것을 그땐 몰랐다.

유튜브는 또 어떤가? 유튜브를 시작하면서 아내에게 말했다.

"여보, 금방이야!"

"여보, 내일 바로 10만 갈 수도 있어!"

"나라고 안 될 건 없지?"

"지금 조회 수 100도 안 나오지? 그래도 내일 갑자기 떡상할 수도 있는 게 유튜브야!"

그렇게 세월이 흘렀다.

퇴사 허언 12년 차, 유튜브 허언 4년 차.

재미있는 건 처음에는 허언증이었는데, 이제는 허언증이 아니게 됐다. 입사할 때부터 "나 퇴사하고 내 사업을 할 거야"라고 말하면, "너 같은 애가 제일 오래 다니더라"고 말했던 사람들이, 내가 벌써 퇴사했다고 소문내고 다닌단다. 난 퇴사 안 했는데, 휴직 중인데….

불과 1년 전까지 "내 목표는 구독자 10만이야"라고 말하면, "여보, 밥 먹었어?" 하고 화제를 돌렸지만, 이제는 "진짜 얼마 안 남았네?"라고 묻는다. 고개를 갸웃하던 사람들이 이젠 고개를 끄덕이기 시작했다.

삶의 중요한 순간은 나의 의지와는 무관하게 움직인다. 1년 전 내 채널의 구독자는 5천 명이었다. 그런데 갑자기 예전에 만든 영상 하나가 역주행을 하면서 그 영상을 계기로 방송에 출연하고, 그걸 계기로 강연도 하고 책도 쓰게 되었다. 그 하나의 영상 조회 수가 올라간 것은 나의 의지가 아니었다. 알고리즘님의 간택이었다.

어떤 사람은 영상 하나가 간택되어 떡상하기도 하고, 또 어떤 사람은 아무리 열심히 해도 단 한 번의 간택도 되지 못하고 유튜브를 접기도 한다. 내 경우 3년간 약 100개의 영상을 꾸준히 업로드했고, 3년 만에 알고리즘님의 간택을 받았다.

여러분은 어떤 스타일인가?

계획을 마음속에 꾹꾹 눌러 비밀로 감추고 있다가 '짜잔' 결과로 보여주는 스타일인가? 아니면 "나 이제부터 이거 할 거야, 딱 봐라!"고 떠벌리고 시작하는 스타일인가? 나는 후자다. 하고 싶은 것이 많아서 그걸 다 떠벌리다가, 결국 내가 말한 모든 것들 대부분을 실행하지 못한다. 많은 경우 허언증으로 그치게 되는 거다. 하지만 나는 허언증이라고 말하고 싶지 않다. 그래서 내가 좋아하는 말로 바꿔 부른다. 이상주의자.

나는 이상주의자다. 하고 싶은 것이 많은 이상주의자. 허언증 환자가 될지, 이상주의자가 될지 판가름하는 첫 번째는 용기다. 낯선 것을 시작해보는 용기. 두 번째는 노력이다. 시작한 것을 깊게 파고드는 노력. 마지막 세 번째는 꾸준함이다. 한 달이 안 되면 1년, 1년이 안 되면 5년, 그것도 아니면 10년을 지속하는 지독한 꾸준함.

　만약, 누군가 원하는 것을 시작할 용기와 노력 그리고 5년을 지속할 수 있는 꾸준함이 있다면 그 사람은 허언증 환자가 아니라 이상주의자다. 그리고 그 이상은 아마 현실이 될 개연성이 매우 높다. 그러니 이상주의자를 응원해주자.

　"나 퇴사할 거야!"

　"그래? 난 유튜브 할 거야"라고 허풍을 떤다면,

　"너 같은 애가 제일 오래 다닌다."

　"많이 해라"라고 말하지 말고,

　용기를 가질 수 있도록 응원을 해주자.

　"나 퇴사할 거야."

　"그래, 너라면 뭐든지 잘할 거야!"

　"나 유튜브 할 거야!"

　"그래, 채널 개설하면 내가 제일 먼저 구독할게"라고 말이다.

허풍쟁이에게 필요한 건 허풍을 멈추라는 충고가 아닐지도 모른다. 허풍을 실행해볼 용기와 꾸준히 노력할 수 있는 응원이 필요한 것일지도 모른다. 어쩌면 그 친구의 허풍이 결실을 맺을지도 모른다. 그때 친구가 "너의 응원이 아니었으면 어려웠을 거야"라고 말해준다면, 그 또한 멋진 일이다.

자, 여러분!

"여러분이 계획하고 있는 그거! 그게 뭔지 모르겠지만 여러분이 반드시 이룰 수 있을 거라고 생각합니다. 저를 믿고 도전해 보세요. 끝날 때까지 끝난 게 아닙니다. 끝까지 여러분을 응원합니다!"

네? 열심히 하는 거
필요 없고 잘하라고요?

"부대~에 차렷!"

20명 정도 되는 군인들이 위병소 앞에 도열했다. 그중 한 명은 군복에 칼주름을 잡고, 개구리모자(전역할 때 쓰는 모자)를 썼으며, 구두는 번쩍번쩍 광이 났다. 무엇보다 표정은 더욱더 광이 나고 있었다.

'와! 이날이 오긴 오는구나.'

위병소에서 도로를 등지고 부대를 바라봤다. 작은 부대였다. 고등학교 3~4개를 붙여놓은 크기 정도? 2년간 지지고 볶고 잘 살았던 공간인데 아쉬움이 1도 없다. 전역한다고 나와준 후임들 얼굴을 하나하나 살펴본다.

"경례!"

"충성, 수고하셨습니다."

'크크크크크크크 부럽냐?'라고 속으로만 생각하고,

"어, 그래! 나와줘서 고맙다."

"하아… 전 아직 4개월이나 남았습니다."

이제 막 병장을 단 후임의 말투에서는 시간이 얼마나 안 가는지 말해주고 있었다. 그 뒤에 있는 상병은 똥씹은 표정이고, 일병은 부러운 얼굴이고, 이등병은 얼굴이 말이 아니다.

"애들 굴리지 말고 잘 있다가 건강하게 전역하고 보자."

마침 위병소를 지나가는 택시를 붙잡았다.

"기사님, 안녕하세요."

"어서옷-세요-!"

50대 중반으로 보이는 택시 기사님이 경쾌하게 나를 맞이했다. 아마도 전역하는 나를 보며 옛날에 전역했던 자신을 생각했겠지?

"터미널로 가드릴까요?"

"네, 원주 시외버스 터미널로 가주세요."

택시의 엔진소리마저도 경쾌하다. 아마 내 마음이 경쾌한 탓이리라.

"군 생활 잘하셨네요. 저렇게 나와서 인사하는 거 보면….'

"그럼요! 처음 갔을 때는 가혹행위도 심했는데 제가 있으면서 싹 바뀌났거든요."

내가 부대에서 얼마나 레전드였는지 짧게 읊었다. 전국 모든 병장의 레퍼토리다. 택시가 출발하자 어디선가 읽은 것 같은 문구가 생각났다. '세상에서 가장 불쌍한 사람이 전역하는 날 교통사고 당하는 사람.' 설마 나는 아니겠지라고 생각하는 사이 어느새 터미널에 도착했다. 다행이다.

"기사님, 사고 안 나고 안전하게 와주셔서 감사합니다."

기사님은 내리려고 하는 나를 룸미러로 쓱 보셨다. 잔돈을 거슬러 주시며 허리를 획 돌려서 나를 보며 말했다.

"전역 축하해요! 근데 시작이에요. 군대가 좋았다는 걸 알게 될 겁니다. 하하하하."

기사님은 건강하게 잘 살라는 말을 덧붙였고, 나는 "감사합니다"라고 답하며 '쿵' 하고 문을 닫았다.

세상이 호락호락하지 않을 것이란 것쯤은 나도 알고 있다. 하지만 내가 누구인가? 대한민국 육군병장 만기 제대 이동수가 아닌가!

기사님 말이 맞았다. 군대에서는 짜여진 스케줄대로 주어진 임무를 열심히 완료하면 그만이다. 어떤 임무인지, 어떻게 하면 되는지 매뉴얼화 되어 있다. 선택할 것이 없으니 결정할 것도 없다. 의지도 필요 없다. 그냥 육체를 열심히 움직여서 수행하면 그만이다. 함께할 동료도 있다. 대부분의 임무는 아침에 시작하여 저녁에 완료한다.

하지만 사회는 달랐다. 주어진 목적도 매뉴얼도 없었다. 수많은 선택에 마주치면서 플랜을 짜야 했고, 결정을 해야 했다. 결정에 대한 확신은 누구도 주지 않았다. 동료도 없었다. 취업이라는 임무는 하루 만에 끝나지도, 한 달 만에 끝나지도 않았다. 밤잠을 설쳐가며 취업을 위해 달리면서 '아… 군대가 참 편했구나'라는 생각이 들 때가 있었다. 취업의 임무를 완수하기까지 3년이 걸렸다. 드디어 사람들이 말하는 진정한 사회인이 되었다.

그렇게 열심히 공부하고 스펙을 쌓아서 사회로 나왔지만 사회는 내 생각과 또 달랐다. 다시 이등병이 된 기분이었다. 사회 이등병. 업무가 주어지고 그걸 하나씩 해나가야 했다. 회사의 문서 작성, ppt 작성, 브레인스토밍, 회의 등 한 번도 해본 적이 없는 일이었지만 열심히 배워보려는 마음은 충만했다.

신입이다 보니 새로운 아이디어를 내놓으라고 했다. 머리를 쥐어짜서 아이디어를 내고 그걸 정리해서 보고했다. 팀장님은 내 기획안을 슥슥 넘겨봤다. 내가 일주일이 넘게 생각하고 다듬은 자료가 소비되는 데 걸리는 시간은 3분이 채 안 되었다. 드라마처럼 서류를 찢어 던지지는 않았지만 표정에서 망했다는 감정이 전해진다.

"동수야, 열심히 하는 거 필요 없어. 잘해야 돼!"

팀장님은 건조한 목소리로 말을 이어갔다.

"프로와 아마추어의 차이가 뭔지 아니? 돈을 받느냐, 안 받느냐의 차이야. 우리는 월급을 받지? 우리는 프로야. 그럼 프로답게 일을 해야지."

'철렁!'

맞는 말이다.

'그래, 난 이제 프로지. 열심히 하기만 하면 되는 이등병이 아니지. 잘하고 성과를 내는 게 맞지.'

이성적으로 팀장님의 말에 동의했지만 나는 작아졌다. 난 아직 멀었나? 열심히 하는 것만으로는 안 되는 것인가? 숨고 싶었다. 주눅이 든 나를 발견했다. 그 뒤로도 '열심히 하는 거 필요 없다. 잘해야 한다'는 말이 유행어처럼 머릿속을 맴돌았다. '과정? 필요 없어! 결과만 좋으면 돼!', '결과가 좋으면 과정은 미화되는 거야' 같은 말이 너무나 당연하게 오갔다.

세월이 흐르고, 나도 자연스럽게 조직에 적응하기 시작했다. 그런데 연차가 아무리 쌓여도 나에게 저런 말은 폭력적이라고 느껴졌다.

'열심히 하는 게 필요 없다고? 잘만 하면 된다고?'

'아니, 열심히 하지도 않는데 어떻게 잘하지?'

'잘하려면 우선 열심히 해야 할 것이 아닌가?'

'열심히 해야 잘할 것이 아닌가?'

'과정은 필요 없으니 결과만 가지고 오란 건가? 자본주의 괴물같으니….'

'아, 킹받는다.'

한번 꼬인 마음은 계속 꼬였다.

'세상에 없던 기획안을 만들어 보라고? 넌 그런 거 만든 적 있어?'

'방법을 찾으라고? 당신도 뾰족한 수가 없잖아요.'

'지적 좀 그만하고 코칭을 하라고요….'

'아니다. 내가 조직과 맞지 않는 사람인 건가?'

내가 조직에 걸맞은 사람이건 아니건 다짐한다.

최소한, 열심히 하는 사람에게 '열심히 하는 거 필요 없어'라고 말하는 사람이 되지 말아야지. '열심히 했네? 근데 다음에는 이렇게 해보자'라고 말하는 사람이 되어야지.

'좋은 결과를 내는 사람을 좋아하는 사람이 아니라, 좋은 사람과 좋은 결과를 내는 사람이 되어야지. 그런 사람이 되어야지.

운동장이 기울어져 있길래
그냥 제가 올라갔습니다

✧ "우리 회사는 수평적인 조직 문화를 만들기 위해 여러 가지 제도
　를 시행하고 있습니다."

✧ "직급 체계를 없애고, 멘토링을 활성화하였습니다."

✧ "권한과 책임을 아래로 내리고, 단위 조직에 힘을 실어주고 있습니다."

✧ "타 직원과의 교류를 위해 여러 가지 행사를 기획합니다."

대부분의 회사에서 외치는 구호들이다.

"우리 회사는 수직적인 회사를 지향합니다"라는 구호를 가진
회사는 본 적이 없다.

아마 여러분의 회사도 수평적인 조직을 만들기 위해 고민하

고 있을 것이다. 역설적으로 수평적인 조직 문화를 만들고자 노력한다는 말은, 곧 기울어져 있다는 말과도 같다.

'기울어진 운동장'

계약직과 정규직 그리고 파견직, 후배와 선배, 팀원과 팀장, 관리자와 관리자의 관리자.

"상무님, 안녕하십니까?"

오늘도 충성심 많은 팀장님은 상무님께 평소보다 높은 톤으로 인사를 하면서 몸이 과격하게 앞으로 기운다. 상당히 수평적이다. 허리를 90도로 꺾어버리니 수직으로 서 있던 허리가 수평이 되었다. 동시에 그들의 관계는 조금 더 확실해졌다. 구부러진 허리에선 수평을 찾을 수 없다. 인사와 함께 운동장은 기울었다. 이렇게 기울어진 운동장이 생겼다.

'자유'의 나라 미국의 드라마를 보면 주인공들이 "Hi!", "Hello!"만 해도 겁나 쿨해보였다.

대학 시절 1년간 교환학생으로 미국에서 공부한 적이 있다. 미국 사람처럼 행동하기 위해 필사적이었다. 악수할 때도 손에 힘을 꽉 쥐고, 눈을 마주치며 "Hey!" 하며 쿨내를 풍겼다. 그러다가도 어떨 때는 자동적으로 인사하듯 허리가 굽혀지며 속으로 '아차' 하던 뼛속까지 한국인이었다.

미국에서 첫 수업이 생생하게 기억이 난다. 그날 가장 놀라웠던 건 건방져 보이는 학생이었다. 머리가 하얀 교수님이 강단에 서서 질문하셨고, 머리가 노란 학생이 강단 앞으로 나왔다. 그리고 둘은 서로 이야기했다. 어떤 질문이었고, 어떤 답변이었는지 기억나지 않지만 그 장면만큼은 선명하다. 학생은 모자를 쓰고 있었고, 주머니에 손을 넣고 교수와 대화를 하고 있는 것이 아닌가?

'와, 아무리 천조국이어도 이건 아니지 않나?' 하고 둘러보니 아무도 나처럼 생각하는 것 같지 않았다. 교수와 학생 모두 자연스럽게 주머니에 손을 꽂고 마치 친구와 대화하듯 어떠한 주제에 대해서 이야기했다.

'저런 건방진! 어디 교수님과 이야기를 하는데 주머니에 손을… 쯧쯧쯧.'

나는 우선 학생의 얼굴과 자세를 살폈다. 바지 주머니에 꽂은 손과 그로 인해 살짝 올라간 어깨 라인 그리고 짝다리. 세상 자연스러웠다. 절대 센 척하려거나 반항하려는 동작이 아니었다. 다음으로는 교수의 얼굴을 살폈다. 학생의 손이 꽂혀 있는 주머니를 힐끔거리지도 않았다.

'아… 이렇게 이야기를 하는구나.'

'아… 이러니까 자유로운 대화가 가능하구나.'

'학생과 교수가 동등하구나.'

'나도 저래야겠다.'

기울어진 운동장에서 수평을 찾는 방법은 두 가지가 있다. 높은 곳에 있는 사람이 내려오는 방법과 낮은 곳에 있는 사람이 올라가는 방법이다.

첫 번째, 윗사람이 내려온다고 가정을 해보자. 부장님이 어깨동무를 하면서 말한다.

"김 계장, 나 어려워하지 마! 쉬운 사람이야."

'어렵다!'

"그냥 편한 형이라고 생각해!"

'형 아니다.'

내가 아직 준비가 되지 않았는데 누군가 내 문을 열고 들어오면 힘들다. 불편하다. 그래서 수평적인 문화를 만들기 위해서는 윗사람이 내려와 주기를 바라는 것은 비추다.

남은 방법은 한 가지다. 내가 직접 기어 올라가서 수평을 맞추는 방법이다.

작년에 직장인의 생활을 관찰하는 〈아무튼 출근〉이라는 프로그램을 찍을 기회가 있었다. 영상 속에서 내가 본부장님, 전무님 방을 마음대로 들락날락하는 모습이 신기했는지 여러 커뮤니티에 퍼진 적이 있었다. 지나가다가 본부장님 방을 쓱 보고 심심하면 들어가서 과자 하나 먹고 나오는 모습, 엘리베이터에서 마주친 전무님께 "올~ 오늘 의상 좋은데요?"라며 가벼운 농담을 하는 모습, 비서와 함께 나가는 사장님과 하이파이브를 하는 장면들이 신기하게 보였던 모양이다. 누군가 '회사 막 다니는 아저씨'라는 짤을 만들어 퍼트렸고,

"일을 얼마나 잘하면 저렇게 막 다니냐?"

"왠만한 실력 없이 저러면 바로 책상 빠진다."

"저런 사람이랑 같이 일하고 싶다" 같은 좋은 반응이 있었다.

난 회사에서 일 잘하는 무리, 즉 A급 인재로 분류되지 않는다. 그리고 일반적으로 A급 인재로 분류되는 사람들은 나랑 좀 다르게 행동하는 것 같다.

직장 상사에게 편하게 대할 수 있는 것의 핵심은 일잘러냐, 아니냐가 아니다. 핵심은 그와 나를 동등하게 생각하느냐, 아니냐다. 나에게 복도에서 만난 본부장님, 전무님, 사장님은 지인이고, 아저씨다. 아는 사람이다. 그러다 보니 별로 긴장할 이유는

없다. 껄끄럽고 무섭기보단 편안하고 자연스럽다. 왜냐하면 회의실 밖의 그분들은 그냥 지인이고, 아저씨이기 때문이다.

'나랑 똑같은 아저씨'

'회사 다닐 때 잠시 보는 아저씨'

'앞으로 평생 볼 사이는 아닌 아저씨'

물론 마인드셋을 한다고 바로 행동으로 나오는 것은 아니다. 그래서 행동으로 옮길 방법을 고민 끝에 찾았다. 바로 인사였다. 허리 숙여 "안녕하십니까"라는 인사를 바꾸는 것이었다. 어떻게 하면 가볍게 인사를 할 수 있을까 고민하다가 "하이", "헬로우"가 생각났다. 미국인처럼 본부장님에게 갑자기 "하이"라고 할 배짱은 없었고, "안녕"이라고 할 수는 없었다. 그러다 '굿모닝'을 생각해냈다.

'아, 그래! 굿모닝이 있었지. 이제부터 나의 인사는 좋은 아침이다.'

그 후로 사장님에게도, 팀원에게도 동일하게 인사했다. 나만 아는 작은 노력이다.

아침에 사무실에 들어가면 분위기가 살짝 어색하다. 그때 웃으면서 "좋은 아침이에요"라고 인사했다. 입에 붙지 않아 어색

했다. 엘리베이터에서 전무님을 만났다.

"전무님, 좋은 아침입니다."

처음에는 나도 모르게 머리를 숙이며 "좋은 아침입니다"라고 간신히 입을 떼었지만, 나중에는 가볍게 목례하고 눈을 보며 이야기할 수 있었다. 점점 자연스러워졌다. 인사 때문인지, 회사 짬이 찼기 때문인지는 모르겠지만, 이후로 주변 사람들 특히, 기울어진 운동장의 위쪽에 있는 사람들과 더 자연스럽게 대하고 이야기할 수 있었던 것 같다.

어느새 후배와 선배와도 임원과 사장과도 동일하게 스몰토크를 할 수 있게 되었다. 나의 이런 작은 노력이 조직 문화를 바꿀 수는 없겠지만 상관없다. 내가 바뀌었기 때문이다. 내가 바뀌면 모든 게 바뀐다. 기울어진 운동장에 당당히 걸어 올라가라고 말하고 싶다.

내가 올라가면 운동장은 수평이 된다.

회사의 진정한 승자는
누구인가요?

어느 회사나 잘 나가는 사람이 있다. 그 사람들 중 누가 위너일까?

1. 열심히 일해서 최연소 임원 타이틀을 가진 사람?

2. 이직을 통해 몸값을 높여가며 커리어를 쌓는 사람?

3. 숨만 쉬면서 따박따박 고액 연봉을 챙기는 짬차장?

4. 부동산 재테크 잘해서 아파트도 있고, 오피스텔도 있고, 상가도 있는 사람?

첫 번째, 최연소 임원을 보자.

2014년 〈미생〉이라는 드라마가 있었다. 직장 생활의 면면을 리얼하게 다뤄서 특히 직장인들에게 많은 인기를 끈 작품이다. 극 중에서 주인공 장그래와 오 과장은 사내 비리를 폭로한다. 그리고 사장은 오 과장을 차장으로 승진시키며 이런 말을 한다.

"직장인이 봉급과 때에 걸맞은 승진 아니면 뭘로 보상받겠나?"

지금도 봉급과 승진은 직장인이 보상받을 수 있는 유일한 수단으로 여겨지고 있다. 그런 의미에서 최단기 임원은 회사에서 소위 제일 잘나가는 사람이라 할 수 있다. 내가 신입사원이던 시절 특강을 해주신 분 중에 딱 그런 사람이 있었다. 최단기 임원. 그가 우리에게 이런 말을 했다.

"저는 회사만 보고 달렸습니다. 제가 입사했을 때 대리였던 사람을 10년 만에 앞질렀고, 내 사수였던 사람이 내 팀원이 되었습니다. 그리고 최단기 임원을 달았습니다. 여러분들도 할 수 있습니다. 저보다 더 빨리 임원을 달 수 있습니다. 여러분도 저를 따라잡겠다는 마음으로 일하세요. 저는 사장이 될 겁니다."

날카로운 눈빛으로 짧고 굵게 이야기하고 나가는데 수행원이 문도 열어주고, 기사님이 운전도 해주고 참 대단하다고 생각했다. 마치 "내가 밟고 올라왔다. 내가 짱이다"라고 으스대는 것처럼 느껴졌다. 그 사람은 2~3년 더 승승장구했다. 능력 있는 사람 같아 보였지만 이상하게 직원들은 그를 좋아하지 않았다. 피해야 할 임원 1순위. 그렇게 승승장구하던 그는 어느 날 정말 사장이 되었다. 아니, 되었다고 들었다. 음식점 사장. 아쉽게도 최연소 사장은 못했지만 말이다.

나는 군계일학으로 일을 잘하지도 않고, 충성을 다할 생각도 없다. 엄청난 인사이트가 있거나 직원을 갈구고 쪼아 어떻게든 목표를 달성해낼 자신도 없다. 직원 혹은 동료가 나를 불편해하고 싫어하는 것도 싫다.

기분 탓인지 모르겠지만 임원들은 그 위의 임원이나 사장에게 충성을 다하는 것처럼 느껴졌다. 평일에는 술자리, 주말에는 골프 모임을 즐기는 그들에게 '과연 가정생활이 있을까?' 하는 의문도 들었다. 최연소, 혹은 최단기 임원이 된다고 해도 딱히 명예롭거나 큰돈을 만질 수 있을 것 같지도 않았다. 내 기준에서 최연소 임원은 제일 잘나가는 사람은 아닌 것 같다.

두 번째, 이직으로 몸값을 올리는 사람을 보자.

내 동기 중 한 명은 카카오뱅크 초기 멤버로 이직했고, 몇 년

후 카카오뱅크가 상장하면서 스톡옵션을 두둑이 챙겼다. 뉴스 기사를 보니 한 10억 정도 받은 것 같다. 쩐다. 내가 10년간 받은 월급의 총액보다 많은 돈을 한 방에 받은 것이다.

선후배들 중 몇 명이 소위 잘나간다는 네이버, 카카오, 토스 등으로 이직하며 자신의 커리어를 디벨롭 하고 있다. 특히 판교로 많이 가더라. 회사 구성원이 젊고 트렌디하다 보니 만족도도 대체로 높은 것 같다. 분명히 멋진 일이다. 하지만 단점도 있다. 문제는 업무량이 조금 많아진다는 것, 새로운 곳에 적응하는 시간이 필요하다는 것이다. 내 기준에서 보면 이런 이유로 이직은 그리 매력적이지 않다. 그래서 위에 언급한 회사에서 이직 제안을 받았을 때 관심이 없었다.

세 번째, 고액 연봉의 짬차장을 보자.

파레토의 법칙을 들어본 적이 있는가? 어느 날 파레토는 개미를 관찰했다. 그런데 신기하게도 20%만 열심히 일하고 나머지 80%는 빈둥거리고 놀고 있는 것이 아닌가? 파레토는 20%의 개미만 모아두면 모두 열심히 일할 것이라고 생각하고 분리했다. 그런데 이게 웬일인가? 새롭게 모아둔 열심히 일하는 개미들 중 20%만 일하고 80%는 빈둥대는 것이 아닌가? 이러한 현상은 개미뿐만 아니라 벌에게도 관찰된다고 한다.

그리고 사람도 비슷한 것 같다. 80%까지는 아니더라도 어느 조직이나 일 안 하는 사람이 있다. 있어도 하나도 도움이 되지 않는 사람, 그런데 월급은 두둑한 사람. 우리는 이런 사람을 '짬차장'이라고 부른다. 짬이 차서 연봉은 1억을 훌쩍 넘는데 하는 일은 인턴 수준이랄까? 몰라서 일을 못하는 게 아니라, 알지만 일을 안 하는 부류다. 모든 회사원의 소망이, 적게 일하고 많이 버는 사람이다. 동료들과 소주 한잔할 때면 짬차장님들이 답답하긴 하지만, 개인적인 삶에서는 위너인 것 같다는 이야기를 종종 한다. 나도 어느 정도 동의한다. 그런데 개인적으로는 내가 바라는 삶은 아니다. 주변의 시선은 둘째치고 내 스스로 떳떳하지 못한 사람이 되고 싶지는 않기 때문이다.

네 번째, 결국은 부동산인가?

회사 선배들을 보면 왠지 모르게 마음이 편해 보이는 사람들이 있다. 승진에 목을 메지도 않고, 죽어라 야근을 하지도 않는다. 적당히 다른 동료들과도 잘 지내는 직원. 회사에서 별 욕심 없어 보이는 사람들. 그런 사람들의 내막을 들여다보면 모두 부동산을 빠방하게 가지고 있는 사람들이다. 똑같이 회사에 입사

했는데 단지 조금 판단이 빨라서 집을 먼저 사고, 집값이 오르니 한 개 더 사고, 레버리지로 오피스텔도 하나 가지고 있는 사람들. 노동으로 번 돈보다 부동산으로 번 돈이 많은 사람들. 마음이 평온한 사람들. 아, 부럽다. 처음으로 부럽다. 최단기 임원은 피곤할 것 같고, 이직은 별로 관심 없고, 짬차장이 되고 싶지는 않은데, 부동산 부자는 부럽다! 그래, 찾았다. 회사 생활의 위너는 부동산 재테크에 성공한 사람이다.

그런데 회사 생활의 위너를 부동산으로 성공한 사람이라고 하기엔 뭔가 좀 찝찝하다. 그래서 조금 더 주변을 관찰해봤다. 그리고 드디어 그럴싸한 위너를 찾아냈다. 바로 행복한 가정을 꾸린 사람들이다.

"과장님, 한잔하러 가실래요?"

"안 돼! 나 오늘 와이프가 보쌈해놔서 먹으러 가야 해. 보쌈 진짜 잘해!"

"에이, 그럼 딱 500cc 한 잔만 하고 가세요!"

"우리 딸들은 내가 올 때까지 기다렸다가 같이 밥 먹어. 얼른 가야지."

아… 이거다. 이 과장님이 위너다. 일 마치고 가족과 함께하는 삶. 그래, 부동산으로 돈을 벌어도 집이 행복하지 않으면 말짱 꽝이지. 최종 승자는 가족과 행복한 사람이다!

개개인의 가치관에 따라 위너는 갈린다. 가치관의 무게가 사회적 지위에 있는 사람들에게는 빠른 승진과 커리어가, 개인적인 삶에 무게가 실린 사람들에게는 커리어보다는 개인과 가족의 행복이 더 중요할 것이다.

나의 경우는 회사보다 개인에 포커싱 하다 보니 가족과 행복한 게 진짜 위너다. 어? 그러고 보니 지금 가족과 행복하다. 내가 진짜 위너였구나. 나의 가치관에 부합하는 삶을 살고 있다는 생각이 든다. 그래도 아쉬운 것은 있다. 부동산 재테크를 좀 더 잘했으면 더 좋았을 텐데….

아, 역시 대세는 부동산인가 보다.

저는 좋은 사람이 되고 싶습니다

일하는 사람을 네 가지로 분류한 짤이 기억난다.

1. 똑똑한데 부지런한 사람 - 똑부

2. 똑똑한데 게으른 사람 - 똑게

3. 멍청한데 부지런한 사람 - 멍부

4. 멍청한데 게으른 사람 - 멍게

멍부 상사와 멍부 부하가 만나면 절친이 되고, 멍게 상사와 멍게 부하가 만나면 평화가 찾아오고, 똑게 상사와 똑부 부하가 이상적인 궁합이라고 한다.

나는 어느 쪽인지 생각해본다. 일단 일할 때 부지런하진 않으니 똑게 아님 멍게인데… 막 똑똑한 것 같지는 않고… 그렇다고 멍게라고 하기에는….

어느 날 모 은행에서 300명 직원들에게 강연할 기회가 있었다. 준비한 강연을 마치고 질의문답 시간에 한 직원이 물었다.

"강연자님은 회사에서 어떤 사람으로 보여지고 싶으세요?"

아… 뭐라고 하지? '똑똑한데 게으른 사람이에요'라고 대답할까? 아니면 사실대로 멍게라고 대답할까?

"전 그냥 좋은 사람이 되고 싶습니다."

대답과 동시에 아차 했다. 회사에서 좋은 사람이라니. 트렌드를 몰라도 너무 모르고 하는 말 아닌가? 300여 명의 눈이 나를 보며 의아해 하는 것 같다. 얼른 해명해야 했다. '저는 똑똑하고 게으른 사람으로 보여지고 싶어요'라고 대답할까? 요즘 트렌드는 싸가지 없어도 일 잘하는 게 짱이라던데!

"잠시 생각해 봤는데, 그래도 저는 그냥 좋은 사람이 되고 싶습니다. 왜냐하면 저는 좋은 사람과 일하고 싶거든요."

대관절 좋은 사람이라니. 그 단어는 일잘러에게는 금지어라고! 아참, 나 일잘러 아니지, 휴….

"저는 좋은 사람과 일하고 싶습니다. 물론 저도 좋은 사람이 어떤 사람인지는 잘 모릅니다. 똑똑하고 부지런한 사람? 똑똑하고 게으른 사람? 어쩌면 멍청하고 게으른 사람일 수도 있습니다. 때론 그 사람의 성격 때문에, 그 사람의 일하는 방식 때문에, 그 사람의 말투 때문에 좋은 사람이라고 느낄 때가 있습니다. 이런 좋은 사람과 함께 일하면, 그 사람에게 도움이 되고 싶어서, 혹은 그 사람에게 잘 보이고 싶어서 저 스스로 더 노력할 것 같습니다. 그럴 때 스트레스도 적고, 저 스스로도 발전이 되는 것 같습니다. 그래서 저도 좋은 사람이 되고 싶습니다. 아니, 좋은 사람이라고 보여지면 좋겠습니다. 그래서 저와 함께 일하는 사람이 좋은 영향을 받았으면 좋겠습니다. 그러다가 운이 좋아서 평생 함께 볼 친구로 발전해도 좋을 것 같습니다."

강연은 끝났다. 그리고 이상하게 그 질문이, 대답이 마음속에 잔잔하게 남았다. 단 한 번도 생각해본 적 없는 질문이었는데 아무 생각 없이 '좋은 사람으로 보여지고 싶어요'라고 대답한 걸 보니 정말 그런가 보다. 그렇다. 일 잘하고 똑똑하고 나발이고 다 필요 없다.

'난 좋은 사람이 되고 싶다.'

9시 1분은
9시가 아닙니다

나는 '배달의민족' 애용자다. 창업자 스토리, 회사가 성장하는 방법, 고객과의 커뮤니케이션, 앱의 UX/UI 모두 감탄스럽다. '배달의민족'을 만든 '우아한형제들'이란 회사에는 '송파구에서 일 잘하는 법'이라는 슬로건을 공개한 적이 있다. 센스 있고 정곡을 콕콕 찌르는 말들이어서 신 직장인의 바이블같이 여겨지곤 했다.

✧ 송파구에서 일 잘하는 방법 by 배민

1. 9시 1분은 9시가 아니다.

2. 실행은 수직적, 인간관계는 수평적.

3. 간단한 보고는 상급자가 하급자 자리로 가서 이야기한다.

4. 잡담을 많이 나누는 것이 경쟁력이다.

5. 개발자가 개발만 잘하고, 디자이너가 디자인만 잘하면 회사는 망한다.

6. 휴가나 퇴근 시 눈치 주는 농담은 하지 않는다.

7. 보고는 팩트에 기반한다.

8. 일의 목적, 기간, 결과, 공유자를 고민하며 일한다.

9. 나는 일의 마지막이 아닌 중간에 있다.

10. 책임은 실행한 사람이 아닌 결정한 사람이 진다.

11. 솔루션 없는 불만만 갖게 되는 때가 회사를 떠날 때다.

하나같이 명언이다. 어쩜 저렇게 직관적이고 입에 착 붙게 만들었는지…. 저런 마인드를 가진 조직에서 일해보고 싶다는 생각이 번뜩 든다. 근데… 잠깐만…. 삐딱한 나는 굳이 저 명언들 사이에서 마음에 안 드는 문구를 찾아본다.

'9시 1분은 9시가 아니다.'

출근 시간이든, 납기 일이든 약속한 시간을 잘 지켜야 한다는 의미일 것이다. 물론 약속을 지켜야 한다는 것에 100% 동의하지만, 나는 이상하게 '출근 시간 잘 지켜라'는 말로 꼬아서 들린다. 출근 시간? 당연히 지켜야지! 직원들이 오전 9시 전에 와서 일할 준비를 마치고 9시 정각부터는 근무에 들어가는 것은 직장인의 기본이다. 그럼, 퇴근 시간을 생각해보자. 퇴근 시간은 오후 6시인데 우리는 6시 정각에 퇴근할 수 있는가? 퇴근 시간도 회사와의 약속이니까 6시 정각까지 일하면 되지 않나? 6시 1분까지 일했다고 1분 일한 만큼 수당을 주는가?

아… 내가 써 놓고도 치사한 것 같다. 그렇지만 따지고 보면 당연한 것 아닌가? 법인이 개인에게 일을 시키면서 납기 일을 지키는 것을 당연하게 여기듯이, 개인의 근무 시간도 명확하게 대가를 지불해야 하는 거 아닌가.

직장인은 한 회사에 소속된 일원이다. 그렇기에 회사가 정한 기준을 따르고, 업무를 수행하고 그에 대한 보상으로 월급을 받는다. 직원은 회사가 정한 기준에 따라야 하고 그게 싫으면 회사를 떠나야 한다. 선택권은 직원 개인에게 있지만, 조건을 제시하는 회사가 대부분 갑이다.

물론 회사가 무조건 붙잡아야 할 어마어마한 능력의 소유자라면 이야기가 달라지겠지만, 우리 대부분은 아니다. 최소한 나는 아니다. 비록 나는 을이지만, 잊지 말아야 할 것이 하나 있다. 회사가 갑일지언정 회사는 결국 회사일 뿐이라는 것을.

'법인'의 사전적 정의는 이렇다. '법에 의하여 권리 능력이 부여되는 사단과 재단.' 법인은 사람처럼 권리도 있고 능력도 있다. 그래서 사람을 고용하기도 하고 사람처럼 세금도 낸다. 그렇지만 법인은 법인일 뿐이다. 삼성, 구글, 애플, 테슬라 등 세상에는 어마어마한 법인들이 있다. 법인은 개인과 비교할 수 없을 정도로 크다. 한 개의 법인이 수만, 수십만의 개인을 고용해서 일을 시키기도 한다.

하지만 그게 다는 아니다. 법인은 비록 개인과 비교할 수 없을 정도로 크지만, 개인은 법인과 비교할 수 없을 정도로 소중한 존재다. 한 명의 개인은 구글, 삼성을 합친 것보다 백배, 천배 더 소중하다.

만약 아니라는 생각이 든다면 그 한 명이 나의 어머니, 나의 친구, 나의 자식이라고 생각해보자. 구글과 나의 어머니 중 무엇이 나에게 더 소중한가? 내가 사랑하는 아이폰을 만든 애플과 나의 삶 중 하나를 선택하라고 한다면 당연히 나의 삶을 선택할 것이다. 만약 이 세상과 나의 자식 중 하나를 택하라고 한다면, 질문한 사람 귓방망이 한 대 때리면서 말할 것이다.

"그걸 말이라고 하냐? 우주를 줘도 안 바꾼다."

직장인 중 회사 일로 스트레스를 받지 않는 사람은 없을 것이다. 수많은 사람들이 함께 일하는 곳에서 내 뜻대로 되지 않는 것은 너무나도 당연하다. 하지만 안타깝게도 회사로 인해서, 회사에서 받는 스트레스로 인해서 개인의 삶 전체가 무너지고, 불행해지거나 자신을 인생의 실패자로 여기는 사람들이 있다. 개인의 삶이 법인에 잡아먹혀 발버둥을 치는 사람들이 있다. 만약 그런 사람이 있다면 꼭 이 말을 전해주고 싶다.

"개인은 법인보다 소중해요. 당신의 삶이 회사보다 천배는 더 소중합니다. 회사로 인해서 당신의 삶을 망치지 마세요. 법인이 당신을 잡아먹게 두지 마세요. 당신을 응원합니다. 회사에서 당신이 하는 프로젝트가 아닌, 당신의 회사가 아닌, 당신의 삶 자체를 응원합니다."

비트코인으로
10억 벌 뻔했습니다

"너, 도대체 뭘 그렇게 보냐?"

옆자리의 후배가 한 시간에도 수십 번씩 휴대폰을 본다. 한심하다. 한 번 보고 끄고, 또 한 번 보고. 그러다가 들고 나가고를 반복. 주식장이 끝난 시간에도 계속 보는 걸 보니 주식을 보는 것 같지는 않다. 그렇다고 타이핑을 하지 않는 걸 보니 카톡도 아니다. 도대체 뭐지? 뭘 보든 말든 내가 간섭할 바는 아니지만 그래도 궁금한 나머지 물어보았다.

"뭔데 그렇게 봐?"

"아, 이거요? 아무것도 아니에요. 나중에 말씀드릴게요."

며칠 뒤 우리 둘은 차 한잔 마시면서 이야기를 나눴다.

"비트코인? 그게 뭔데?"

"어떤 천재 같은 애가 만든 건데요. 이게 미래 화폐가 될 수 있데요."

"엥? 무슨 그런 사기꾼 같은 말이 있냐?"

"이거 보세요. 코인 하나에 몇만 원이었는데, 지금 300만 원이에요."

"코인 하나에 300만 원이라고?"

"저도 몇 개 가지고 있는데 하루에 50%도 올라요. 주식처럼 상한가 하한가가 없어서 한번 떨어지면 미친 듯이 떨어지기도 해요."

"사기 도박 같은 거 아니냐?"

"저도 처음에는 그런 건 줄 알았는데, 지금 MS나 IBM 같은 대기업들도 투자하고 막 그래요."

"그래? 넌 얼마 하는데?"

말없이 보여준 잔고. 미친! 억 단위다.

"야, 이거 뭐냐…?"

"저도 처음에는 천만 원 정도 하다가 계속 올라서 더 태웠어요. 대리님도 없는 돈이라 생각하고 조금 해보세요."

"야! 세상에 없는 돈이 어딨냐? 다 똑같은 돈이지."

별 미친 소리 다 듣겠다며 자리로 돌아왔는데 눈앞에 자꾸 그래프가 아른거린다. 말도 안 되게 오르고 있는 그래프.

'억… 억이라니….'

하루에 버는 돈이 한 달치 월급보다 많았다. 그러니 한 시간에도 수십 번씩 핸드폰을 볼 수밖에. 들어보니 코인은 24시간 돌아간다고 한다. 도박이랑 뭐가 다른가 싶었다. 나랑은 안 맞는다고 생각했는데, 내가 그러거나 말거나 옆자리 후배는 계속 핸드폰을 두드렸다.

일주일 뒤,

"요즘은 어때?"

말없이 보여준 핸드폰 속 비트코인 금액은 어느새 500만 원이 되어 있었다.

"거봐요. 비트코인 천만 원 간다고 말하는 사람도 많아요."

"뭐? 천만 원?"

"저도 천만 원까지 갈까 싶기는 한데, 가면 좋은 거고 안 가도 그만인 거죠, 하하하하. 근데 웃긴 건 1억 될 거라는 사람도 있어요. 하하하하."

"그냥 화성 가는 게 빠르겠다. 깔깔깔깔."

웃으면서 이야기했지만 내 머릿속은 새하얘졌다. 두 배가 된 비트코인. 두 배가 된 후배의 잔고. 비트코인이 아니라 이더리움이란 것도 있고, 리플이란 것도 있다고 한다. 각 코인마다 특징이 다르다고 열변을 토하는 후배를 보며 생각했다.

'될놈될인가?'

또 일주일 뒤,

그래, 없는 돈인 셈 치고 조금만 해보자. 주식 계좌에 있는 천만 원 중 500만 원을 뺐다. 어차피 500만 원 없어도 인생에 큰 지장 없다는 생각이 들었다. 아니, 500만 원이 5,000만 원이 될지도 모른다는 희망이 생겼다.

"나도 좀 해볼라고 하는데, 어떻게 하는 거냐?"

"오, 하시게요? 근데 이거 떨어질 수도 있어요."

"야, 내가 그것도 모르겠냐?"

"떨어져도 제 탓하지 마세요!"

"당연하지 임마, 나 그런 사람 아니거든?"

"그럼 빗썸을 까세요."

"그다음에 뭐 사면 되냐?"

"비트코인은 비싸니까 이더리움 어때요?"

"넌 뭐 가지고 있는데?"

"전 이것저것 많이 가지고 있는데요, 이더리움이 제일 괜찮은 것 같아요."

"한 개에 20만 원도 넘네?"

"아, 그리고 리플도 괜찮아요."

"오, 리플은 200원이네? 그럼 리플도 좀 사야겠다."

이때가 2017년 9월이다. 이 무렵 코인 시장은 본격적인 랠리를 시작했다. 사기 도박이라고 생각한 코인이 하늘 높은 줄 모르고 올랐다. 주식에 있던 나머지 500만 원도 태웠다. 두 달 뒤 내 코인 잔고는 무려 1억 2천만 원이 되었다. 전 국민이 '가즈아'를 외칠 때 나도 외쳤다.

"가즈아~!"

이 무렵 나는 '어쩌면 나도 10억을 만들 수 있다'는 합리적인 청사진을 그렸다. 내가 사기 전 비트코인은 수백 배가 올랐고, 내가 산 뒤에도 10배가 올랐다. 앞으로 10배가 오르지 말라는 법이 어디 있는가? 이제 후배는 한심해 보이지 않았다. 그는 선견지명이 있었던 것이다. 나도 후배와 함께 한 시간에 수십 번씩 핸드폰을 만지작거리는 신세가 됐다.

또 한 달이 지났을 무렵 동기들이 나에게 물었다.

"아니, 밥 먹는데 핸드폰으로 뭘 그렇게 보냐?"

"아, 이거? 비트코인."

"어? 너도 해?"

대답 대신 수익을 쓱 보여줬다. 동기는 그런 사기에 관심 없다고 한다. 그리고 몇 주가 지나자 메신저가 왔다.

"야, 오늘 리플 떡상했다."

그런데 얼마 후 코인은 나락으로 떨어졌다. 1,000%에 육박했던 코인 수익은 간신히 본전을 찾은 수준이 되었고, 10억이 생길지도 모른다는 희망은 한여름 밤의 꿈으로 마무리 되었다.

회사는 이런 곳이다. 물론 회사는 '회사 일'을 시키기 위해 직원을 뽑지만 직원은 회사 일만 하지 않는다. 코인 정보를 얻을 수 있는 곳. 부동산 정보를 얻을 수 있는 곳. 이상한 취미를 가진 사람이 있는 곳. 평생 친구를 만날 수 있는 곳. 싫은 사람과도 일해야 하는 곳. 연애를 할 수 있는 곳. 농구 동아리가 있는 곳. 사랑과 배신이 있는 곳. 때론 더러운 일도, 감동적인 일도 일어나는 곳. 이렇게 회사는 단순히 일만 하는 곳이 아니라 우리의 삶을 살아가는 곳이다.

신입사원 시절 같은 팀에 박 과장님이 있었다. 30년 가까이 회사에 다녔지만 진급이 늦어 과장에 머물러 계신 분이었다. 그 당시 회사에는 명퇴 바람이 불었고, 박 과장님은 훌훌 털고 회사를 떠나셨다. 과장님이 마지막으로 한 말이 생각난다.

"동수야, 내가 회사 생활을 돌이켜 보니까 별거 없더라. 내 동기들이 차장 달고 부장 달고 임원 달 때 승진이 늦어서 한때는 힘들었는데 그거 다 한때더라. 정년퇴직할 때 보니까 내 옆에 사람들이 많아. 회사 떠나면서 변변한 친구 한 명 없고, 자기 회사로 오라는 곳 하나 없이 쓸쓸하게 끝나는 사람들을 보면서 나는 참 직장 생활 잘했다고 생각했다. 나를 진심으로 걱정해주는 동료들이 있고, 내가 만난 제휴처 몇 곳에서 명퇴 소식 듣고 자기 회사로 오라며 제안을 하기도 했지. 그리고 딸들은 아빠 수고했다며 응원해주고 아내도 이젠 자기가 벌어보겠다고 하더라. 지금 명퇴하는 사람들이 제일 고민하는 게 뭔 줄 아니? 가족에게 설 자리가 없다는 거야. 그러니 집에 있는 게 불편하고 나가서 일은 해야 할 것 같은데 받아주는 곳은 없고…. 동수야, 나는 회사 생활도 결국은 사람인 것 같다. 나는 네가 일을 위한 일이 아니라 사람을 버는 일을 했으면 좋겠다."

그렇게 과장님은 명퇴 후 제휴사에 취업하여 한동안 커리어를 이어가셨다. 과장님의 마지막 말은 아직도 여운이 남는다.

"중요한 것은 사람을 버는 일이다."

그렇다. 회사는 단지 일만 하는 곳이 아니다. 우리의 일상에서 가장 많은 시간을 보내는 곳이고, 가장 많은 사람들을 만나는 곳이며 삶을 살아가는 곳이다. 내가 전혀 관심 없던 코인을 할 수 있던 것도 사람이고, 부동산에 관심을 가지게 된 것도 사람 때문이다. 독립해서 첫 원룸을 계약할 때 등기부등본을 봐주신 과장님, 성과급 나오면 갚으라며 천만 원을 빌려준 선배, 결혼식 축가에 함께해줬던 동기, 유튜브 해보라고 권해준 선배, 아무 이유 없이 좋다고 다가와준 후배들, 같이 사업 한번 해보자며 으쌰으쌰했던 동료들, 힘들 때 소주 한잔 사겠다던 녀석들 모두 사람이다.

짧은 호흡으로 본다면 회사는 업무를 수행하는 곳이지만, 결국 우리의 인생이 단편 단편 모인 곳이기도 하다. 너무 일에만 몰입한 나머지 주변 사람을 보지 못하면, 나중에 후회할지도 모른다. 만약 내 말에 동의하지 않는다면 잠시 학창 시절을 생각해보면 알 거다. 학교는 공부하는 곳이지만 절대 공부가 전부는 아니듯 말이다.

회사에서 여러분의 목표는 무엇인가?

아니, 여러분의 삶에서 목표는 무엇인가?

아직 뚜렷한 목표가 없거나 뭘 목표로 해야 할지 모르겠다면 '사람을 버는 것'을 목표로 삼아보길 추천한다. 그럼 회사를 대하는 태도가, 사람을 대하는 태도가 조금은 변할지도 모른다.

혹시 모르지 않는가? 귀인을 만나서 평생의 운명이 바뀔지 말이다.

정규직, 운영직, 계약직,
파견직, 도급직, 외부 사원,
아르바이트 그리고 인턴

회사에는 많은 직군이 있다. 채용 방식에 따라 사람을 나누는 것이 이해되지 않는 것은 아니다. 회사에는 다양한 일이 있고 그 업무의 특성에 맞는 사람을 뽑을 수밖에 없으니 당연할 수밖에. 그렇다고 해서 불편하지 않는 것은 아니다.

나는 정규직이다.

25살부터 29살 입사할 때까지 누구보다 열심히 스펙을 쌓았다. 그리고 정규직에 합격했을 때 당연한 결과라고 자만했다. 마치 공부를 열심히 한 사람이 좋은 대학을 가듯, 취업 준비를 열심히 한 사람이 좋은 회사에 가는 것은 당연하다고 생각했다.

그리고 이 사실에는 아무런 문제가 없다.

그런데 막상 입사해 보니 문제가 보인다. 분명 나보다 경력도 많고, 일도 잘하고, 책임감에 로열티마저 있는 계약직 직원이, 나보다 훨씬 적은 연봉을 받는다는 것이다. 더 큰 문제는 나보다 두 배 이상의 연봉을 받으면서 경력도 높은데 일을 전혀 하지 않는 고참들이었다. 정규직인 내가 봐도 짜증 나는데 일 잘하는 계약직 직원이 보기에는 얼마나 열받을까? 게다가 파견직이나 도급직, 외부 사원 등은 인센티브도 배제되곤 한다.

이 밖에도 직군에 따라 너무나 많은 것이 달라진다. 월급, 복지, 업무 유형, 자리, 회식 비용, 인센티브는 물론 심지어 명절에 제공하는 선물까지 다르다. 결혼과 자녀 출산과 같은 경조사를 올리는 회사 게시판은 정규직의 전유물이고, 도급직과 외부 사원을 위한 페이지는 없다. 우리 모두 동료라고 말하지만 실제로는 아닌 것이다. 누가 '경조사 게시는 정규직만 하세요'라고 막은 적은 없는데 돌아가는 걸 보면 그렇다. 이것이 보이지 않는 벽이다. 해결해야 할 큰 문제다.

하지만 가장 큰 문제는 따로 있다. 계약직이 아무리 열심히 해도 정규직이 되지 않는다는 것이다. 분명 연봉의 두세 배 많은 정규직보다 훨씬 더 많은 일을, 훨씬 더 훌륭하게 해냄에도 불구하고 더 이상 전진할 수 없다는 것, 이것이 가장 큰 문제다. 끼어들 틈 하나 없이 매끈하고 높게 뻗은 철옹성과 같은 벽. 이 벽을 개인이 넘는다는 것은 불가능에 가깝다. 안타깝지만 나로서는 해결책이 보이지도 않는 당분간은 받아들일 수밖에 없는 현실이다.

이런 불편한 현실에 그럭저럭 적응하던 2년 차 계장 시절에 일이 발생했다. 성과급이 나오는 날, 여기저기에서 나는 얼마를 받았네, 작년보다 줄었네, 그 돈으로 뭘 할 거네 하며 대화를 했다. 그런데 문제는 그 대화에 성과급을 받지 못한 직군이 한 명 있었다. 도급 직원으로 비록 소속된 회사만 다를 뿐 실제로 우리 회사에서 일을 하는 직원이었다. 그 직원이 대화를 듣든 말든, 표정이 어두워지든 말든 한창 성과급 이야기를 하던 어느 선배가 대뜸 도급 직원에게 말했다.

"남들 다 받는 성과급도 못받고, 억울하지 않냐? 그러니까 너도 열심히 해서 정규직으로 입사했어야지."

이런 미친 소리가….

충분히 화낼 법도 한 상황임에도 도급 직원은 "그러니까요, 하하하하" 하며 화제를 돌렸다.

둘 사이가 가까워 보였지만 아무리 친하다고 그런 말을 해도 될까? 잘 알지도 못하는 내가 있는데 그런 말을 들었으니 분명 마음에 생채기가 생겼을 것이다. 억울하면 너도 하든가? 뭐, 이런 말인가? 그럼, 선배는 얼마나 잘났을까?

갑자기 군 시절이 생각났다. 군 입대가 늦은 나는 신병 때 나보다 어린 병장이 있었다. 병장은 갑자기 나를 불러내더니 다짜고짜 욕하며 차렷, 열중 쉬엇을 반복했다. 그러곤 두 주먹을 쥐라고 한 후 그 주먹으로 두 눈을 가리라고 명령했다.

"뭐가 보이냐?"

"아무것도 안 보입니다."

"ㅂㅅ, 그게 니 군생활이다."

너무 어처구니가 없었다. 가만히 있던 나에게 병장은 이어서 말했다.

"억울하냐? 억울하면 군대 빨리 왔어야지!"

위아래 계급만 존재하는 군대에서나 듣던 말을 회사에서 듣다니. 자리에서 일어났다. 상대방에 대한 배려가 없는 공간에 잠시도 있고 싶지 않았다.

영화 〈내부자들〉을 보면 이런 대사가 나온다.

"어차피 민중은 개, 돼지입니다. 뭐하러 개, 돼지한테 신경 쓰고 그러십니까?"

'억울하면 정규직 했어야지'라고 했던 그 선배는 이 대사를 어떻게 생각할까? '맞아. 상류층이 못된 나는 개, 돼지야'라고 생각할까? 모르긴 몰라도 쌍욕하며 발끈할 것이다.

함께 일하는 동료는 물론이고, 일절 관계가 없는 사람, 예를 들어 여행지에서 우연히 들어간 음식점 직원이라도, 평생 다시 볼 일 없는 상대방이라도 배려는 반드시 필요하다. 우리 모두가 갑이 아니고, 누군가의 을이다. 권력이나 직급, 혹은 직군 등으로 나뉘는 사회 시스템을 개인이 바꾸는 것은 어렵다. 하지만 이 불편한 시스템에서 갈등을 최소화하는 노력은 할 수 있다. 그것이 바로 배려다.

회사도 사람 사는 곳이다. 성과주의에 빠진 회사에서 팩트폭력보다는 어쩌면 따뜻한 배려가 필요할지도 모르겠다.

하는 일이 더럽게 적성에 안 맞아서 바꿨습니다

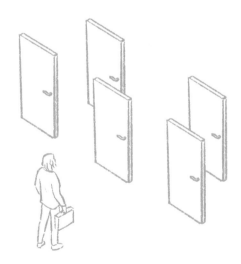

"뭐? 카드회사?"

내가 미쳤지. 경제금융학과를 다니며 금융에 대해 알게 되자 한 가지 마음먹은 게 있었다. 금융회사는 절대 가지 말아야지. 꼼꼼하지도 않고 체계적이지도 않은 내가 카드회사라니. 세상에서 제일 어려운 게 맞춤법일 정도로 '그냥 의미만 통하면 됐지 뭐'라는 생각이 의식의 저 밑에 뿌리 깊이 박혀 있는 사람에게 카드회사는 어울리지 않는 옷이다.

솔직히 내 적성에 맞지 않다. 그런데 취업을 하다 보니 적성이고 나발이고 돈 많이 주는 회사로 오게 되었다. 그렇게 카드회사의 직장 생활이 시작되었다.

입사 후 발령받은 곳은 청구 팀이었다. 카드명세서를 만들어 발송하고 '돈을 썼으면 돈을 내야지'라며 고객에게 돈을 청구하는 역할을 하는 곳이다. 카드회사에서 돈을 청구하는 업무는 핵심업무 중 하나다. 생각해보라. 내가 결제한 금액과 다른 돈이 청구된다면, 회사는 브랜드 이미지에 돌이킬 수 없는 타격을 입게 된다. 그렇기 때문에 청구 팀은 수백만 장의 명세서 중 샘플을 추출해서 데이터를 검수하고, 한 번 더 검수하고, 최종 검수하고, 최최종 검수하고, 마지막으로 한 번 더 검수하고 파이널로 검수한 뒤에 컨펌을 내는 검수 지옥을 통과해야 한다. 매우 중요한 일인 것은 알겠다. 문제는 그 일을 내가 해야 한다는 것이다. 꼼꼼하지 않은 성격에 맞춤법이 '제대로'가 맞는지, '제데로'가 맞는지도 모르는 내가 잘할 자신도 없었고, 잘하고 싶지도 않았다. 무엇보다 재미가 없었다. 이력서와 최종 임원 면접에서 분명히 인사 팀에 지원한다고 말했는데, 왜 완전 다른 팀으로 발령이 났는지 이해할 수가 없었다.

당시 회사 사무실에는 높은 파티션이 처져 있었다. 왼쪽에는 사수가 있었고, 오른쪽은 창문이었다. 입사 후 2년간 난 왼쪽보다는 오른쪽을 봤다. 오른쪽 위에 붙어 있는 창문을 바라보면서 '내가 지금 이걸 왜 하고 있는 거지?'라며 10분씩 멍때리곤 했다. 이렇게 매일같이 멍때리다 보면 한 달에 한 번 질문에 대한 답이 나왔다. 월급이다. '아~ 맞다! 나 돈을 벌고 있는 거지.' 이 마약 같은 월급이 아니었다면 진작에 그만두었을 것이다.

그렇게 1년이 지나고 나는 재미있는 놀이를 개발했다. 일명 조직도 놀이다. 조직도를 컬러프린터로 뽑아서 책상과 유리 사이에 끼워 넣고 그중 가장 가고 싶은 곳을 동그라미 치는 놀이 였는데 실패했다. 동그라미 칠 곳이 없었기 때문이다. 전략을 수정해서 '진짜 여긴 아니다' 싶은 곳에 하나하나 X표를 쳤다. 수십 개의 부서 중 이 팀에 가면 퇴사할 것 같은 부서에 X표를 치다 보니 그나마 남은 부서가 두 개였다. 제주지점과 여행 팀.

제주지점은 결혼도 해야 하는 내가 지금 당장 가기는 부담스 럽기도 했거니와 지역 출신들이 가는 곳이었다. 남은 건 여행 팀. 여행 팀은 외부 사무실에서 근무했는데, 마침 본사로 이전 한다는 소식을 들었다. 올커니! 드디어 동그라미. 내가 가야 할 곳은 여행 팀밖에 없었다. 알아보니 여행 팀에 가면 가고 싶은 여행지를 기획할 수도 있고, 1년에 2~3회 해외 출장을 갈 기회 도 있었다. '앗싸 가오리!'

하지만 문제는 경쟁자들이다. 여행 팀은 대부분 경력직이나 여행을 전공한 사람들만 갈 수 있다고 알려졌다. 하지만 마음먹었다. 나는 내가 할 수 있는 일을 하면 그만이다.

얼마 후 인사 발령 철이 되었다. 가장 먼저 인사 팀 과장님을 찾아갔다. "저는 청구 팀이 적성에 맞지 않는 것 같습니다. 잘할 자신도 없고 잘하고 싶지도 않습니다. 저는 여행 팀에 가고 싶은데 어떻게 해야 할지 알려주세요"라고 준비해온 멘트와 진실된 표정으로 열심히 설명했지만, 한 귀로 들어가 한 귀로 나오는 느낌이 들었다. 하긴, 나처럼 징징대는 직원이 어디 한두 명일까. 그래서 그다음 스텝을 밟았다. 팀장님이다.

"팀장님, 저는 우리 팀 사람들이 너무 좋은 것 같아요."

"말해!"

"네, 우리 팀 사람들이 너무 좋지만 일이 저와는 적성에 맞지 않는 것 같습니다."

"직장인이 적성에 맞고 안 맞고가 있나?"

"있더라고요."

역시 준비해온 간절한 표정과 눈빛으로 한참을 이야기했다.

"동수야, 근데 2년 만에 팀을 옮기면 퇴출당하고 일 못하는 이미지로 비춰질 수 있다."

역시 인사 팀 출신 팀장님이라 조언의 깊이도 달랐다.

"팀장님, 전 괜찮습니다."

진심 어린 팀장님의 조언에 진심을 담아 답변했다. 지금 평판을 신경 쓸 때가 아니었기 때문이다.

"그래도 좀 더 생각해보고 다시 이야기하자."

"네, 알겠습니다."

며칠 뒤, 여행 팀이 본사로 이전했다. 다행히 여행 팀에 아는 후배 한 명이 있었다. 딱 한 번 본 게 고작인 후배에게 메신저로 말을 걸었다.

"계장님, 안녕하세요?"

"네, 계장님 안녕하세요?"

"궁금한 게 있는데요. 여행 팀 좋아요?"

여행 팀은 무슨 일을 하는지, 팀 분위기는 어떤지, 팀장님은 어떤 사람인지 물어봤다. 그리고 마침 경력직 한 명이 그만둬서 팀에 TO도 있다는 것이 아닌가?

'아, 신이 주신 기회구나.'

다음 날 오후 2시. 나는 여행 팀의 그 후배 계장님에게 다시 메신저를 했다.

"계장님, 안녕하세요? 혹시 지금 팀장님 계세요?"

"안녕하세요! 지금 계세요."

"팀장님은 지금 바쁘세요?"

"본사로 와서 한동안 정신 없으실 것 같긴 한데, 엄청 급한 일이 있는 건 아닌 것 같아요."

"그래요? 지금 팀장님 기분은 괜찮아요?"

"나쁘지 않은 것 같아요."

"넵넵! 그럼 지금 가야겠다."

"아… 지금요?"

"네!"

"미리 약속 안 잡으시고요?"

"바쁘다고 안 만나주실 것 같아서요. 하하하하."

"아, 네….'

그날 오후 2시 30분. 점심 먹고 포만감에 몸이 나른해질 시간이다. 하루 중 가장 졸립고 날카롭지 않은 시간. 그 시간에 맞춰서 여행 팀을 찾아갔다. 저 끝에 여행 팀 명패가 붙어 있는 곳을 발견했다. 그때부터 마음이 두근두근했다.

'이렇게 가는 게 맞나?'

'예의 없어 보이진 않을까?'

'안 된다고 하면 어쩌지?'

마치, 면접관은 면접을 볼 마음이 없는데, '면접 봐주세요' 하는 기분이랄까?

비슷한 경험이 떠올랐다. 일본에서 아르바이트를 구할 때 한국인을 뽑을 계획이 전혀 없는 카페 앞에서 '어떻게 말해야 할까?' 수없이 고민했던 기억이 생생하다. 그것보다는 지금이 백배 쉽다고 생각하니 마음이 한결 편했다.

여행 팀 근처로 성큼성큼 걸어갔다. 후배를 제외하고는 모두 생전 처음 보는 얼굴들이다. 팀장님을 찾아 두리번거리다가 문제가 발생했다. 이사온 지 얼마 안 되어서 이름 명패가 안 붙어 있는 게 아닌가?

'헉! 누가 팀장님인 거지?'

'처음부터 어리바리하면 안 되는데'라는 생각에 후다닥 탕비실로 피신해 여행 팀을 바라보며 후배에게 전화했다.

"계장님, 저 지금 앞에 왔는데 누가 팀장님인지 모르겠어요."

후배는 전화를 받으면서 나를 찾았다.

"아, 벌써 오셨네요. 저 안쪽에 노란 넥타이 하신 분이 팀장님이세요."

다행히 후배는 팀장님이 들리지 않을 만한 작은 목소리로 말했다. (센스 보소?) 멀리서 보니 어떤 사람과 대화 중이었다. 대화가 끝날 때까지 기다렸다.

잠시 후,

"팀장님, 안녕하세요? 이동수 계장이라고 합니다."

"…네?"

'이건 뭐야?'라는 표정으로 나를 쳐다보셨다.

"네, 저는 청구 팀에 근무하는 이동수 계장이라고 하는데요. 팀장님께 드릴 말씀이 있어서 찾아왔습니다. 본사로 이전하시고 정신이 없으실 것 같아 약속 잡기 어려울까 봐 이렇게 불쑥 찾아왔습니다."

내가 할 수 있는 한 최대로 공손해 보이고, 똑똑해 보이고, 현명해 보이는 목소리 톤으로 말했다.

"네, 말씀하세요."

준비해온 멘트를 날렸다.

"제가 여행을 좋아하고, 여행업에 관심이 많아 여행 팀에서 근무를 한번 해보고 싶습니다."

"혹시 여행 팀이 무슨 일을 하는지 아세요?"

"자세히는 모르지만 지난 여행 팀 문서를 찾아보았는데요, #$%#$%# 일을 하고 있는 것으로 알고 있습니다."

"네, 가끔 여행 팀에 오면 여행을 많이 한다고 생각하는 직원이 있는데, 그게 아닌 것도 알고 있나요?"

"네, 잘 알고 있습니다." (아. 여행 팀이라고 여행 많이 가는 건 아니구나.)

"여행을 좋아하는 것과 여행업을 하는 것은 다른데…."

"네, 그렇지만 좋아하는 일을 하는 것과 좋아하지 않는 일을 하는 것은 다르다고 생각합니다. 저는 좋아하는 일을 해보고 싶습니다."

그렇게 5분 정도 이야기를 나누었다.

"네, 잘 알겠습니다. 사실 우리 팀에 인력 한 명이 필요한데, 제 입장에서도 하고 싶고 열정 있는 사람이 오는 게 더 좋긴 하죠. 하지만 발령은 제가 내는 건 아니니깐…. 아무튼 참고하겠습니다."

"네, 감사합니다!"

자리에서 일어나면서 근처에 있던 후배와 눈이 마주쳤다. 가볍게 목례를 하고 나왔다. 후련했다. 역시 말하길 잘했다. 무엇보다도 말할까, 말까 망설이다가 두려움을 이겨내고 말을 건넨 내 스스로가 자랑스러웠다. 역시 할까, 말까 고민될 때는 하는 게 답이다.

다음 주,

"팀장님!"

"생각해봤어?"

"네, 더 생각해보니 더 확실해진 것 같습니다."

"그래, 여행 팀 팀장과 통화했다."

"아…."

팀장끼리는 이런 이야기를 한다는 것을 그때 처음 알았다.

"말 잘해뒀으니까 기다려 보자고."

"네, 감사합니다!"

자기 팀 신입사원이 다른 팀으로 간다고 하는데 좋아할 팀장이 어디 있겠냐만은 팀장님은 이왕 결심한 거 갈 수 있도록 도와주시겠다고 했다. 마음이 든든해지고 조금 더 단단해졌다. 좋은 팀장이란 생각이 들었다.

이제 한 명 남았다. 본부장님.

다음 날 아침, 본부장님을 찾아갔다. 비록 입사 2년 차였지만 인사 권한은 본부장 입김이 필요하다는 것쯤은 알았다. '내가 너무 나대는 건가?' 하는 의문이 또 들었다. '아니야, 그래도 어른이라면 내가 할 수 있는 일은 다 하는 것이 맞아'라며 의문을 덮었다. 비서실에 스케줄을 확인한 뒤 노크했다.

"동수 웬일이가?"

"하고 싶은 일이 있습니다."

준비해온 레퍼토리를 그대로 말했다. 팀을 옮기고 싶다고 했고, 그 말은 본부도 옮긴다는 뜻이었다. 그 자리에서 장장 한 시간이 넘는 연설을 들었는데 핵심은 대략 이랬다. 여행은 회사의 본업이 아니며 본업이 아닌 일들은 당장 내년에 없어져도 이상하지 않다. 입사 초반에 카드 업무를 단단하게 배우는 것이 너의 커리어에 좋다.

"맞습니다…."

나는 최대한 공감하려고 애를 쓰면서 고개를 끄덕였다.

"너, 그래도 가고 싶나?"

"네…."

"하… 알겠다. 가봐!"

지금 생각해보면 본부장님도 어이없다는 표정으로 말했다.

"저, 본부장님…."

나는 일어나면서 한마디 덧붙였다.

"그래도 꼭 가고 싶습니다."

문을 닫고 나왔다. 뭔가 해낸 것 같은 마음이 들었다.

할까 말까 망설인다면? 내 마음은 분명히 하고 싶은 거다. 그런데 두려운 것이다. 두려운 마음에 핑계를 찾는 것이다. 본부장님에게 말을 꺼낸 내 스스로가 자랑스러웠다. 그때 내 마음속은 딱 한 가지였다. '이제 다했다.' 이렇게까지 했는데도 의견이 반영되지 않는다면 어쩔 수 없는 거다. 후련했다.

　2주 뒤,

　발령일이었지만 떨리지 않았다. 할 수 있는 것을 다했기에 발령이 나지 않아도 괜찮았다. 위에서부터 천천히 이름을 살폈다.

　이동수, 감사 팀.

　'응?'

　'감사 팀이라고?'

　'아… 동명이인이구나.'

　다시 이름을 찾아 내려갔다.

　이동수, 여행 팀.

　그렇게 여행 팀에서의 5년이 시작되었다. 손들고 지원해서 온 팀이어서 그런지 정말 너무너무 재미있을 거라 생각했다면 쏘리. 재미있어 죽겠다는 아니지만, 덜 지루했다. 덜 힘들었고, 힘들어도 견딜만 했다. 불평은 하지 않았다. 왠만해선 극복할만

했다. 내가 선택한 길이었으니까. 극복할 수 있는 힘을 주는 것, 이것이 선택의 무게란 생각이 들었다. 그 뒤 여행 팀에서 두바이, 몰디브, 영국, 이탈리아, 호주, 미국, 베트남, 필리핀 등 많은 나라로 출장(여행 아님)을 다녔고, 일반적인 금융회사에서는 경험할 수 없는 많은 것을 체험했다.

그 뒤로 4년이 흘렀다. 그 사이 본부장님은 회사를 떠나셨지만 그분의 말은 현실이 되었다. 4년 뒤 여행 팀은 없어졌다. 이제는 하고 싶어도 할 수 없는 업무가 되었다. 만약 내가 끝까지 하겠다고 주장하지 않았다면, 나는 여전히 명세서만 보고 있었을 것이다. 그곳에서 ACE가 되어 탄탄한 커리어를 쌓았을지도 모른다. 하지만 '그때 더 어필해 볼 걸'이라고 후회했을 것이다.

많은 사람들의 의견이 있지만, 때로는 내 의견이 맞을 때가 있다. 그리고 내가 하고 싶은 것이라면 더 그렇다. 그러니 내가 하고 싶은 일이 있다면 무소의 뿔처럼 나아가라.

후회하기 싫다면 말이다.

언젠간 잘리고,
회사는 망하고,
우리는 죽는다

이상한 감옥에 들어갔다. 그것도 정말 노력해서 들어간 감옥이었다. 다행히도 아침에 들어가면 밤에 나올 수 있는 감옥이었다. 갇혀 있는 시간은 9시간. 육체 노동보다는 감정 노동을 주로 한다. 같은 시간에 들어와서, 같은 시간에 밥을 먹고, 같은 시간에 나간다. 내가 갇힌 감옥은 다른 감옥에 비해 돈도 좀 더 줬고, 장소도 좀 더 쾌적했다. 주말 이틀은 감옥에 들어가지 않을 자유도 주어졌다. 살만 했다. 딱 하나, 이 짓을 수십 년간 해야 할지도 모른다는 사실 빼고는 나의 감옥 생활은 그럭저럭 만족스러웠다.

감옥에 오면 별의별 사람들이 모여 있을 줄 알았는데 쓱 보니 비슷비슷하다. 엄청난 사람도, 특별한 사람도 눈에 띄는 사람도 없다. 어디선가 먹물 좀 갈아본 사람들이 대부분이다. 죽이 잘 맞는 사람도 많아서 그럭저럭 지낼만 했다.

하지만 문제는 감옥 안에 있는 또 하나의 감옥, 네모난 유리 감옥이었다. 유리 감옥 안에는 최소 20년, 많게는 30년 가까이 된 장기 복역수가 있다. 대화가 통하지 않는 지독한 자들이다. 그도 그럴 것이 수십 년간 감옥에서 살아남기 위해 산전수전 다 겪고, 그 싸움에서 이겼기 때문에 감옥의 관리자로 군림할 수 있었다. 감옥에 들어온 이상 반드시 이들과 마주치게 된다. 이들을 만나게 되면 정신 바짝 차려야 한다. 어떤 짓을 할지 모르기 때문이다.

오늘은 감옥에 끌려가는 날이다. 다행히 동료가 있다. 팀장 그리고 실무자 두 명. 유리창 안을 쓱 보니 악랄한 장기 복역수의 상태가 좋지 않다. 진행하는 사업이 영 시원치 않은가 보다. 이런 날은 숨만 쉬고 있는 것이 상책이다. 장기 복역수는 킁킁대며 팀장, 담당자 하나하나 찍어먹으며 간을 본다. 뭔가 하나라도 실수한다면 갈가리 물어뜯길 게 확실하다. 내 차례까지 오지 않았으면 좋겠다. 순서를 기다리는데 숨이 턱턱 막힌다. 드디어 내 차례다. 미리 생각해둔 멘트를 날린다.

"프로젝트 A는 잘 추진하고 있습니다."

우선 진정시킨다. 장기 복역수는 실행 계획을 묻는다. 나는 준비된 답을 한다.

"업계 볼륨을 확인해보니 먹을 만한 것 같습니다. 시장에 빠르게 탭핑하고 퀵윈 전략으로…."

감옥 안에서 자주 사용하는 단어를 섞어가면서 능숙하게 설명한다.

"전략은… 쏼라쏼라…."

"목표는… 쿵짝쿵짝…."

"예산 및 추진 기간은 이러쿵 저러쿵…."

이상하게 관심을 보이지 않는다. 마음에 들어 하지 않는다.

"네? 잠깐 보류하고 다른 거 하라고요?"

"지난번에 본부장님이 이거 하라고…."

"네? 싫으면 둘 다 하라고요?"

"하아…."

"네? 한숨 쉰 거냐고요?"

"네? 나가라고요?"

"알겠습니다."

본부장님 방에서 탈출은 했지만 상황은 들어가기 전보다 더 엉망이다. 어디선가 시옷비읍이 들려서 고개를 들어보니 팀장님이 열심히 쌍욕을 하고 있다.

"아니 ㅅㅂ 자기가 하라고 한 대로 했는데 이러면 실무자들이 어떻게 하냐고!"

"하… 무슨 보고서가 누르면 나오는 줄 아나!"

"인원을 더 주든가 해야지 실무자들 다 어쩌라고!"

"더러워서 때려쳐야지!"

평소에 욕할 사람이 아닌데 이렇게 욕을 하는 걸 보니 실무자들을 위로하고 싶으신 모양이다.

이렇게 정신까지 탈탈 털린 날이면 마음이 헛헛하다. 컴퓨터에 앉는 대신 잠시 바람을 쐬면서 미래의 나와 대화한다.

미래의 내가 묻는다.

"야, 헛수고 했네? *크크크크.*"

현재의 내가 답한다.

"아니 ㅆㅂ미ㅑ젇ㄹ;먀넌;미ㅑㅓㄹ;ㅣㄴㄷㄹ, 아오 개 짜증!"

"겁나 웃기네. *크크크크크!*"

미래의 내가 비웃는다.

미래의 나는 현재의 나보다 훨씬 쿨하다.

"야, 별거 아니다. 너도 알지?"

지금 일어난 일은 사소한 일이니 신경 쓰지 말란다. 미래의 나에게 이야기를 듣다 보면 또 그럴싸하다.

"하긴 회사 일이 다 그렇지?"

"크크크 야, 저 본부장 3년 뒤에 아웃이야. 그냥 아저씨 되는 거지. 그리고 평생 볼 일 없으니 신경 쓰지 마!"

미래의 내가 하는 말에는 신빙성이 있다. 마음이 한결 가벼워진다.

빡칠 때, 기분 더러울 때, 긴장될 때, 미래가 걱정될 때면 연락하는 친한 친구가 있다. 미래의 나다. 그 친구는 카톡을 할 필요도 없고, '시간 괜찮냐?'라고 배려할 필요도 없다. 무슨 말을 하든 밖으로 새어나갈 일도 없다. 무엇보다 무조건 내 기분을 맞춰준다. 그래서 미래의 내가 해주는 조언은 타인의 조언보다 더 와닿는다.

누군가를 깊게 공감하지 못하는 성격 탓인지, 아니면 '난, 괜찮아!'병에 걸린 탓인지 모르겠지만, 나는 누군가에게 위로받는 게 불편하다. 스스로 이겨낼 수 있는데 도움을 받는 느낌이다.

마치, 계단을 오를 줄 아는 아이에게 손을 내밀면 "저 스스로 할 수 있어요"라고 말하는 것처럼, 누군가가 위로하는 분위기를 풍기면 말을 돌린다. 자리를 피한다. 그리고 미래의 나와 대화를 한다.

미래의 나는 현재의 나보다 훨씬 대범하다. 작은 것에 연연해 하지 않는다. 나무보다는 숲을 본다. 대세에 지장이 없다면 과감하게 내치라고 한다. 현재의 내가 말을 걸 때면 대부분 미래의 나는 괜찮다고 말해준다. 그까짓 것 별거 아니라고.

미래의 나는 내가 살고 싶은 나의 모습이다. 나의 우상이자 롤 모델이다. 그러니 그의 말은 귀에 쏙쏙 들어온다.

미래의 나는 오늘 나에게 말한다. 오늘 있었던 유리 감옥 사건은 정말 아무것도 아니라고. 우주의 먼지처럼, 지구의 먼지처럼, 한국의 먼지처럼, 회사의 먼지처럼 말할 가치도 없는 사소한 일일뿐이라고 말해준다. 그리고 미래의 나는 항상 현재의 나에게 말한다.

"언젠간 잘리고, 회사는 망하고, 우리는 죽는다."

그렇다. 우리는 언젠간… 죽는다.

이 변하지 않는 사실 앞에서 어떻게 살아야 할지 선택은 나의 몫이다. 현재의 내가 찾아야 할 숙제다. 무엇이 나의 길인지 모르겠지만, 내 삶의 큰 방향을 잡는다면 화날 일도, 스트레스 받을 일도 없다. 대세에는 영향이 없기 때문이다. 그래서 오늘 받은 스트레스는 잊기로 한다.

이렇게 미래의 나와 이야기한 지 10년이 훌쩍 넘었다. 어느새 현재의 나는 조금씩 미래의 나를 닮아가고 있다. 튼튼한 미래의 내가 있어서 든든하다. 오늘도 미래의 나는 말한다.

"언젠간 잘리고, 회사는 망하고, 우리는 죽는다."

2부

그게 뭐
어쨌다는 거죠?

벤츠 타는 회계사랑
소개팅할래?

취업을 하고 보니 주변에 솔로 천국이다. 젊겠다, 돈 벌겠다, 시간도 있겠다, 소개팅하기 딱 좋은 시기다. 어떤 사람은 취업하고 헤어져서 솔로, 어떤 사람은 이성에 관심이 없어서 솔로, 또 어떤 사람은 모태 솔로. 어떤 솔로든 상관없이 취업하면 소개팅 각이다. 이성 친구가 있으면 유명 맛집도 같이 찾아다니고, 예쁜 옷도 골라주고, 같이 여행도 다니며 행복을 만끽할 수 있으니 얼마나 좋은가. 그래서 따뜻한 봄이 오면 벚꽃 보러 가기 위해, 여름이면 바다에 가기 위해, 가을이면 단풍 구경을 가기 위해, 겨울이면 옆구리가 시려워서… 1년 내내 주변의 소개팅 소식은 끊이지 않았다.

"소개팅할래?"

"뭐하는 사람인데?"

"ㅇㅇ기업 다니는 내 친군데, 아빠가 대기업 출신이라 집안
도 괜찮아."

"오! 좋아 좋아. 몇 살인데?"

"너랑 동갑!"

"사진 있어?"

인스타그램을 뒤지면 어디를 갔는지, 무슨 음식을 좋아하는
지, 어떤 취미가 있는지, 어떤 차를 타고 다니는지 나온다.

"음… 막 내 스타일은 아닌데…."

그때 보이는 삼각별 앰블럼.

"어? 뭐야, 벤츠 타고 다녀?"

"어, 돈도 잘 버니까, 소개팅할 거지?"

"한번 만나나 보지 뭐…."

나는 대학생 때부터 여자 친구가 있었기 때문에 소개팅을 해
본 적은 없지만, 소개팅을 주선하는 입장에서 대화에 낀 적은
많았다. 대부분의 대화는 그 사람의 직업부터 시작한다. 그리고
멀리 가면 그 사람의 집안까지 들춰진다.

"내 친구 중 은행 다니는 친구가 있는데, 은행 집안이야."

"내 친구 중 회계사인 친구가 있는데…."

"전에 말했던 선생님인 내 친구…."

물론, 한 사람의 직업은 그 사람을 파악할 수 있는 가장 큰 지표 중 하나다. 앞으로 어떤 삶을 살지가 그려지는 가장 중요한 지표라고 해도 무방하다. 한 사람을 표현하기에 직업만한 게 없는 것도 사실이다. 너무나도 자연스럽다. 가장 현실적이다. 나도 내 친구나 지인을 소개할 때, 직업을 이야기한다. 내 친구 중에 의사 있거든, 변호사 있거든, 경찰 있거든, 예술가 있거든….

그럼, 누군가 나를 소개한다면 뭐라고 할까? 나는 그게 항상 이슈다.

'카드회사 다니는 사람?' 아… 생각만 해도 후지다.

'스파크 타고 다니는 사람?' 입사 후 처음 산 차가 스파크였다. 7년간 타고 다닌 후, 지금은 어머니가 타고 다니신다.

공식 석상이나 비즈니스 등 출신을 밝혀야 하는 자리라면 어쩔 수 없지만, 그게 아니라 나를 지인에게 소개할 때는 '어떤 일을 하는 사람', '어떤 차를 소유한 사람'이라고 하지 않길 바란다. 고작 내가 다니는 회사의 크기(거기에 매칭되는 내 연봉)와 내가 타는 차의 가격(아주 작은)이 나를 대표하지는 않았으면 좋겠다.

그 대신,

"나랑 몇 년을 함께한 친구!"

"너랑 죽이 잘 맞을 것 같은 친구!"

"내가 존경하는 형!"

"나랑 앞으로 평생 볼 사람!"

"내가 제일 아끼는 동생!"

그 사람과 나의 관계가 나를 대표했으면 좋겠다.

나는 태어나서 소개팅을 딱 한 번 해봤다. 20살 때였는데 같은 연극 동아리 친구가 자기 룸메이트를 만나보라고 1년 내내 꼬셨다. 난 학교도 거의 안 갔고, 아르바이트를 세 개씩 하고 있어서 소개팅할 마음이 전혀 없었다. 한사코 거절하는 나에게,

"야, 나 촉 좋은 거 알지?"

"모르지."

"너네 둘은 분명 잘 어울릴 거다. 내가 걔랑 24시간 붙어 사는데 딱 너랑 잘 어울린다. 내 촉을 믿어봐!"

"…"

얼굴도 모르고, 어디 사는지도 모르고, 무슨 과인지도 모르고 아무것도 몰랐다. 그렇다고 주선자가 내 절친도 아니었는데, 자

기 촉을 믿고 사람을 만나보라니 지금 생각하면 조금 과격했다. 하지만 시간이 흐른 뒤 생각해보니 '아빠가 의사인 애', '대기업 다니는 애'랑 만나보라는 것보다는 '촉'이라는 단어가 훨씬 더 낭만적이었다.

회사 생활을 하면서 나도 소개팅을 몇 번 주선한 적이 있었다. 그때마다 양쪽에 상대방이 무엇을 하는 사람인지 말하지 않았다. 대신 너랑 잘 어울릴 것 같다고 했다. 웃긴 사람이라고 했다. 내가 정말 아끼는 동생이라고 했고, 선한 사람이라고 했다. 나머지는 둘이 알아가라고 했다. 몇 명은 바람대로 오랜 기간 만남을 가졌지만, 대부분은 성사되지 않았다. 그러고 보면 촉이 꼭 좋은 것만은 아닌가 보다. 실제로 결혼정보회사 슬로건을 보면 '제 촉을 믿으세요'라는 곳은 본 적이 없다. 그래도 난 촉을 선택할 거다.

앞으로도 나는 누군가를 소개할 때 그 사람의 객관적인 지표를 최대한 설명하지 않을 것이다. 그 사람과 나와의 관계를 이야기할 것이다. 나머지는 둘이 알아가라고 말할 것이다. 현실보다는 낭만을 택할 것이다.

쟤만 저래?
근데 어쩌라고요?

"진짜 그런 거 맞아?"

"야, 동수야! 너 때문에 사람들이 진짜 니네 회사 저러냐고 물어본다."

〈아무튼 출근〉이라는 TV 프로그램이 끝나고 주변 동료들에게 가장 많이 듣는 말이다. 프로그램에서 대리인 내가 본부장, 전무님 방에 그냥 들어가서 과자 까먹으며 이야기하는 모습이 일반 금융회사의 보수적인 이미지와 조금 달라서인 것 같다.

"물어보면 뭐라고 하세요?"

"뭘 뭐라 그래, 쟤만 저런다고 하지. 하하하하!"

'쟤만 저래.' 마음에 든다. 이 말에는 많은 것들이 담겨 있다.

인류는 문명을 일으키고 문화를 꽃피웠다. 문화를 형성하는 가장 큰 단위는 국가다. 그리고 국가별 이미지는 각양각색이다. 물론 개인차가 있겠지만, 내가 생각하는 국가별 이미지는 다음과 같다.

먼저 '미국' 하면 자유가 떠오른다. 그리고 '네덜란드' 하면 세계 최초로 성매매, 마약, 동성애 결혼을 합법화시킨 나라로 개방성이 떠오른다. '중국' 하면 공산주의와 약간 시끄러운 이미지가 떠오르고, 반대로 '일본'은 대체로 조용하고 스시가 떠오른다. 아마 책이나 TV, 각종 뉴스를 통해서 그 나라의 이미지를 형성하는 것 같다.

그런데 그 나라 안에서 살고 있는 사람들이 모두 그 나라의 이미지와 일치하느냐 하면 꼭 그렇지 않다. 미국에서 교환학생으로 있었을 때 한 친구를 만났는데, 그 친구는 누구보다 개방적이면서 시끄러웠다. 위트 있고, 눈치도 빠르고, 사려 깊었지만 스시는 먹지 않았다. 이 친구는 어느 나라 사람일까? 일본 사람이었다. 스시를 먹지 않는 일본 사람이라니, 마치 김치를 먹지 않는 한국 사람이랄까.

문화는 어디에나 있다. 범위를 국가에서 좁혀 들어가면 지역색이 있다. 경상도는 수도권에 비해 조금 센 이미지다. 하지만 부산 출신인 나의 아내는 한없이 부드럽다. 강원도는 깡시골 이미지가 강하지만 원빈이 강원도 정선 출신이다. 왠지 '서울' 하면 계산적이고 깍쟁이일 것 같지만 내 친구 중 가장 의리 있는 친구는 서울 사람이다. 범위를 더 좁혀 들어가 업종별로 보자. 금융회사는 딱딱한 조직 문화, 자율보다는 체계가 떠오른다. 내가 근무하는 회사에도 금융회사 이미지와 비슷한 동료들도 있지만 누구보다 자유로운 영혼도 있고, 유연한 직원도 있다.

커다랗게 보면 문화라는 카테고리로 묶이지만 자세히 관찰하면 모든 사람들이 독특하고 별나다. 문화도 중요하지만 그와 비교할 수 없이 훨씬 중요한 것은 개인이다. 개인은 문화를 초월한 존재임이 분명하다. 그리고 내가 어떤 문화에 속해 있는가가 아니라, 내가 누구인가가 훨씬 더 중요하다.

두 개의 회사가 있다고 가정을 해보자. A회사는 자유로운 문화를 가지고 있고, B회사는 보수적인 문화를 가지고 있다. 만약, A회사에 다니는 자유로운 영혼의 소유자 김 모 씨가 B회사로 이직한다면, 김 모 씨는 보수적인 집단에서 자유롭게 일할까? 아니면 집단에 맞추어 보수적으로 변할까? 한 가지 확실한 것은 본인이 하기에 따라 결말이 달라진다는 것이다. 세상에는 많은 직업이 있고, 그 직업을 속칭하는 이미지가 있다.

"자유분방한 예술가"

"평범한 직장인"

"틀에 박힌 공무원"

"거침없는 체육인"

이런 집단의 문화에 나를 맞추기 위해 노력하다 보면 어느새 나는 존재감 없는 사람이 될지도 모른다. 내가 누구인지 정체성을 잃어버릴지도 모른다.

정체성을 잃은 개인이 모인 집단, 다양성이 결여된 집단은 재미가 없다. 재미가 없는 집단에서의 성장은 기대하기 어렵다. 그래서 많은 기업들이 개인의 다양성을 존중하는 추세로 흘러가고 있나 싶다.

얏호! 이젠 집단에서조차, 문화를 맹목적으로 따르기를 원치 않는 시대가 된 것이다.

자유분방한 예술가보다는 규범적인 예술가에게 신선함을 느끼고, 평범한 직장인보다는 독특한 취미를 가진 직장인에게 매력을 느끼고, 틀 안에서만 움직여야 하는 공무원이 아닌 자유롭

게 사고하고 움직이는 공무원에게 감동하고, 거침없고 외향적
인적인 체육인보다 내향적인 체육인에게 흥미가 생기 듯이 말
이다.

다양성의 시대다. 어쩌면 조직 문화와 다른 내 모습 때문에
"쟤만 저래"라는 말을 들을지도 모른다.

뭐 어떤가? 어차피 내 인생인데.

부자의 기준은
제가 딱 정해드립니다

나 승진했어!

승진했어?

진짜 축하해

한잔 살게!

피아노, 골프채, 에어컨. 1990년대에 이 세 가지가 있으면 부자였다. 당연히 우리 집은 아무것도 없었다. 20년이 지난 지금, 아직 골프채는 없지만 우리 집 천장에는 에어컨이 4대나 달려 있고, 중고로 산 오래된 야마하 건반도 하나 있다. 드디어 나도 부자가 된 것이다. 20년 전 기준으로.

열심히 일하고 돈을 모아서 어린 시절 내가 생각했던 부자의 요건을 갖추었지만, 세월이 흐르면서 부자의 기준도 달라졌다. 그래서 지금 부자의 기준이 뭔지 찾아보았다.

1. 부채 없는 30평 자가 아파트

2. 월 급여 세후 500만 원 이상

3. 중형 세단 이상 자동차 보유

4. 총 자산이 50억 이상

무엇을 기준으로 했는지 모르겠지만 다른 나라를 살펴봤더니 또 다르다. 온통 돈 이야기뿐인 한국의 중산층 기준과 달리, 프랑스, 미국, 영국 같은 나라에서는 다음과 같다.

1. 페어플레이를 할 것

2. 한 가지 이상 스포츠를 즐기거나 악기 하나를 다룰 것

3. 자신의 주장에 떳떳할 것

멋진 말들이 줄줄 나온다. 오직 금전적인 이야기만 하는 한국의 민낯에 얼굴이 붉어질 정도다. 그런데 다시 생각해보니 나라별 중산층의 기준이 다르거나 말거나 나랑 무슨 상관인가? 어차피 내가 그 나라 사람도 아니고, 나는 수원 사람인데?

나도 부자가 되고 싶다. 그렇다면 부자의 기준은 뭘까? 그것을 알아야 도달을 하든지 말든지 할 텐데. 그래서 내가 도달하

고 싶은 부자에 대해서 적어 봤다. 허황되게 "100억을 가지고 싶어요"는 아니고, "전 이미 부자입니다. 마음 부자" 이것도 아니다. 내가 지금부터 열심히 노력하면 현실적으로 이룰 수 있는 부자의 요건이다.

1. 집이 있을 것

지난 2년간 태어나서 처음으로 내 집에 살고 있다. 그리고 비소로 깨달았다. 왜 집이 있어야 하는지. 비록 갚아야 할 돈이 산더미지만 집이 있다는 사실 하나만으로 굉장한 안정감이 느껴진다. 이사를 가지 않아도 되고, 내 마음대로 벽에 못을 박아도 되고, 마음껏 정을 붙이고 살 수도 있다.

무엇보다 요즘같이 집값이 미쳐 돌아갈 때 집값이 오르든 말든 몸과 마음이 불안함에서 벗어날 수 있다. 어떤 재테크 고수들은 "집을 왜 사냐? 월세 살면서 재테크하라"고 말하지만, 나는 반대다. 내가 살 집은 무조건 있으면 좋다.

2. 차가 있을 것

차가 있어야 할 수 있는 게 많다. 캠핑도 갈 수 있고, 여행도 갈 수 있다. 물론 차가 없어도 갈 수 있지만 차가 있으면 시간에 구애받지 않고 가고 싶은 곳을 맘대로 갈 수 있다. 아내와 사귈 때 우린 밤 12시에 강릉으로 훌쩍 떠나곤 했다. 가서 회를 먹고 한숨 자고 다음 날 아침에 돌아왔다. 차가 없다면 불가능한 일이다. 다음 날 버스가 출발할 때까지 기다리기엔 청춘은 성급하게 지나가니까.

단, 무슨 차를 소유했는가는 중요하지 않다. 나에게 자동차는 "내 차는 엄청 좋은 ㅇㅇ차야"라는 소유의 영역이 아니라, "나는 이 차로 ㅇㅇ을 할 수 있어"라는 경험의 영역이다.

3. "한턱 쏴"가 아니라, "한잔 살게"라고 말할 수 있을 것

학생이든 회사원이든 습관처럼 주고받는 말 중에 "한턱 쏴"라는 말이 있다.

"생일이네? 한턱 쏴!"

"승진했어? 한턱 쏴!"

"공모전 당선됐어? 한턱 쏴!"

"시험 합격했어? 한턱 쏴!"

"주식 올랐네? 한턱 쏴!"

"집값 많이 올랐더라? 한턱 쏴!"

이런 말을 입에 달고 사는 사람들을 보면 '엥? 도대체 당신이 뭘 했다고 한턱 쏘라는 거지?'라는 생각이 든다. 물론, 좋은 일이 있으며 사람들과 함께 나누고 싶은 게 사람 마음이다. 나에게 좋은 일이 생겼을 때 주변 사람들에게 시원하게 한잔 사는 것도 멋진 일이다. 더 멋진 건 나와 가까운 사람이 좋은 일이 생겼을 때 '정말 축하한다. 내가 한잔 살게'라고 말할 수 있는 것이다.

"생일 축하한다, 친구야! 내가 한잔 살게!"

"너 승진했다며? 그동안 고생했다. 내가 한잔 살게!"

"대박, 공모전 당선됐다고? 진짜 대단하다. 내가 한잔 살게!"

"시험 합격했다고? 야, 앞길 창창하구나. 내가 한잔 살게!"

돈이 너무 많아서 무조건 "내가 쏠게"라며 지갑을 여는 사람을 본 적이 있다. 솔직히 좋은 사람이라기보다는 호구로 보였다. 그리고 다음에 만나기도 부담스럽다. 나도 돈 있는데…. 마음이 불편해서 싫다.

그렇지만 누군가 좋은 일이 생겼을 때, 기분 좋게 소주 한잔 사겠다고 하는 사람은 절대 호구가 아니다. 친구의 성공을 진심으로 축하해 줄 수 있는 커다란 사람이다. 질투가 담긴 목소리로 "한턱 쏴"라고 이야기하는 사람보다 훨씬 마음통이 넓은 사람이다. 부자다. 심적으로나 경제적으로나 부자다. 돈이 좋은 이유 중 하나다.

4. 싫어하는 사람을 만나지 않을 것

불편한 사람과 같은 공간에 있다는 것, 함께 일해야 한다는 것은 힘든 일이다. 내가 싫어하는 사람과 같은 공간에 있는 것은 그럭저럭 참을만 하지만, 나를 싫어하는 사람과 같은 공간에 있는 것은 정말이지 최악이다. 삶의 질이 떨어질 정도로 불편하다. 직장인이라면 이직을, 친구라면 손절을 해야 할 상황이다. 그러나 가장 절망적인 것은 나를 싫어하는 사람에게 아쉬운 부탁을 해야 할 때다. 생각만 해도 끔찍하다.

적절한 부는 이런 끔찍한 상황에 대안을 만들어줄 수 있다. 회사원이라면 이직을 하고, 거래처라면 관계를 끊을 수 있다. 나의 소중한 감정이 닳지 않도록 싫은 사람은 안 만나는 게 상책이다.

5. 삶이 지쳤을 때 전화할 수 있는 오랜 친구가 있을 것

살다 보면 내 주변의 사람들이 여러 번 바뀐다. 고등학교에 가면 중학교 친구와 멀어지고, 대학교에 가면 고등학교 친구와 멀어진다. 또한 취업을 하면서 많은 인맥들이 물갈이 된다. 아이가 생기면 아이 친구의 부모라는 새로운 카테고리가 생기면서 핸드폰 주소록에는 1년에 한 번도 연락하지 않는 사람들이 점점 쌓인다. 친구, 회사 동료, 지인, 혹은 이웃으로서 수많은 인연이 스쳐 간다. 그리고 이런 스친 인연들은 내가 힘들고 지칠 때 큰 힘을 발휘하지 못한다.

그러나 내가 삶에 지쳤을 때, 번아웃이 올 때, 어릴 적부터 나를 잘 아는 친구가 있다는 것, 아무 이유 없이 전화해서 만나자고 할 수 있는 사람이 있다는 것, 부자의 매우 중요한 요건이다.

6. 굳이 친절할 것

'굳이'라는 표현이 있다. 하지 않아도 되는 일을 억지로 한다는 말이다. 오지랖일 수 있다. 뭘 하는 걸 좋아하지 않지만, 굳이 친절했으면 좋겠다. 어쩌면 매너라고 표현해도 되겠다. 굳이 버스를 타면서 "안녕하세요"라고 인사를 건네고, 굳이 식당에서 "맛있어요"라고 표현하고, 굳이 식당에서 먹은 그릇을 정리한다. 굳이 엘리베이터에서 뒤에 오는 사람을 위해 잡아주고, 굳이 낯설어하는 사람에게 가서 말 한번 걸어주고, 굳이 지나가는 아이에게 귀엽다고 말해준다. 버스킹 하는 청년들에게 굳이 5천 원이라도 넣어준다.

군이 친절한 사람이 좋다. 마음이 쫓겨서는 이 '군이'를 시전하기 어렵다. 매너는 시간적으로 그리고 금전적으로 여유가 있어야 더 자연스럽게 몸에 베일 수 있다. 옛말에도 있다. 곳간에서 인심난다.

7. '부럽다'보단 '멋있다'고 표현할 것

세상의 좋은 것을 다 가질 순 없다. 내가 가지지 못한 멋진 것들을 가진 사람들이 너무나 많다. 사실 대부분의 사람들이 내가 갖기 어려운 것들을 가진 사람들이다. 그리고 그중에는 내가 정말 가지고 싶은 것도 있다. 집과 자동차, 시계와 가방 같은 물건을 이야기하는 것이 아니다. 재력, 타고난 외모, 범접할 수 없는 재능 등이 부러울 때가 있다. 누군가 내가 가지지 못한 것을 가졌다면 경계해야 할 감정은 질투다. 내가 가지지 못한 것에 대한 나쁜 감정, 상대방이 미워지는 감정이다. 여기서 한 단계 더 나아가 최악인 것은 자괴감이다. 내가 가지지 못한 것이 내 탓이라는 마음, 그로 인해 불행해지고 무너지는 자신.

나를 포함한 대부분의 사람들은 부러움을 느낀다. 그러나 내가 추구하는 감정은 '멋있다'이다. 내가 가지지 못한 것에 대해 '멋있다'고 표현할 수 있는 사람은 부자다. 내 삶을 진정으로 사랑하는 사람만이 그런 말을 할 수 있기 때문이다.

8. 가족과 저녁 시간을 함께할 것

가족이 생긴 뒤 입에 달고 사는 말 중 하나가 '가족을 위해서'다. 가족을 위해서 일하고, 가족을 위해서 야근하고…. 그런데 가만히 들여다보면 '잘나가기 위해서'인 경우가 많다. '회사에서 잘나가기 위해서' 가족을 위한 시간을 갉아먹는다. 부모는 매일매일 아이와 이별한다. 오늘의 아이는 어제의 아이보다 좀 더 컸고, 새로운 단어를 말한다. 어제는 어제의 아이와 이별하고, 오늘은 오늘의 아이와 이별한다. 부모가 되어 보니 알겠다. 그러니 오늘이 아쉽지 않으려면 최대한 많이 아이와 함께 있어 줘야 한다.

언젠가 아이가 부모보다는 친구가 더 필요한 시기가 올 것이다. 그때까지는 아이와 함께 시간을 보내고 싶다. 그럼 부자가 되는 것이다.

9. 주기적으로 기부할 수 있을 것

기부하는 사람과 그렇지 않은 사람의 차이는, 내가 가진 것을 조금이라도 나누는가, 나누지 않는가다. 물론 받는 사람 입장에서 가장 좋은 것은 따뜻한 마음보다는 통큰 금액의 기부일지도 모른다. 하지만 따뜻한 세상을 위해 작은 기부가 시급하다. 크든 작든 아무 조건 없이 내 것을 나눌 수 있는 사람은 부자다.

10. 돈이 두 배가 되어도 두 배 행복하지 않을 것

돈과 행복도의 그래프를 보면 처음에는 가파르게 상승하다가 완만해진다. 경제적인 관점으로 봤을 때 돈을 더 많이 벌어도 행복도가 올라가지 않는다면, 그 사람은 돈을 위해 일하거나 돈을 위한 결정을 하지 않는 것이다. 그것보다 더 소중한 가치, 나를 더 행복하게 해주는 일을 할 것이다. 돈으로 행복을 살 수 없는 영역에 있는 사람은 부자다.

나는 부자가 되고 싶다. 다만 그 부자의 기준은, 어떤 박사님이 정한 기준, OECD 평균, CNN에서 보도한 기준이 아니다. 대한민국 평균 자산도 아니다. 어떤 집과 어떤 차를 소유한 몇십억대 부자도 아닌, 내가 정한 기준의 부자가 되고 싶다.

노후 걱정 없이 집 한 채와 차 한 대가 있는 사람. 좋아하는 사람을 만나고, 축하할 일이 생겼을 때 멋지다고 말하며 술 한 잔 살 수 있는 사람. 가족과 함께 건강한 음식을 먹고, 가끔 기부도 하면서 사람들에게 친절한 사람. 이게 내가 꿈꾸는 부자의 모습이다.

현재의 나는, 어릴 적 내가 상상하던 미래의 나보다 훨씬 더 많은 것을 가졌고, 행복하게 살고 있다. 누군가 나에게 "부자입니까?"라고 묻는다면, 나는 "아니요."라고 말할 것이다. 단, 스스로에게 "나는 부자인가?"라고 묻는다면, "그렇다"라고 답할 것이다.

아마 여러분도 부자가 되고 싶을 것이다. 그럼, 한 번쯤은 나만의 부자 기준이 무엇인지 생각해 보기를 추천한다. 세상이 정한 기준이 아니라, 내가 정한 기준에 맞추어 살아가는 것도 꽤 괜찮은 삶이니 말이다.

도리는 다하지 않겠습니다.
너무 많아서요

둘째 아들이 태어난 지 100일이 지났다. 100일 즈음이 되면 아이들은 목을 가누기 시작하고, 색을 볼 수 있고(신생아는 세상이 흑백으로 보인다), 눈에 초점이 맞으면서 옹알이를 시작한다. 이때부터 본격적으로 아이와 교감할 수 있는 시기다. 나는 아이와 할 수 있는 것이 별로 없기 때문에 하루 한 번은 무릎에 둘째를 앉히고 눈을 바라보면서 교감한다.

"도리 도리 도리, 까꿍!"

도리.

도리 도리.

도리 도리 도리.

그놈의 도리가 뭔지.

우리는 태어나자마자 도리를 강요당한다. 자식으로서의 도리, 부모로서의 도리, 학생으로서의 도리, 직장인으로서의 도리, 친구로서의 도리, 도리 도리 도리….

"친구 경조사는 무조건 챙겨드려야지."

"제사는 빠지면 안 되지."

"명절에는 양가 부모님을 무조건 찾아뵈어야지."

"스승의 날인데 교수님은 챙겨야지."

"화이트데이인데 사무실에 뭐라도 사가야지."

"해외여행 다녀왔으면 동료들에게 초콜릿이라도 돌려야지."

"회사에서 연락 오면 바로 받아야지. 급한 일이면 어쩌려고."

"결혼하는데 예물예단은 해야지."

"결혼 청첩장 돌릴 때 밥이라도 사야지."

"결혼식 온 사람들에게 답례품은 해야지."

"전화를 했으면 콜백을 해야지."

"카톡 읽씹은 노매너지!"

"회식은 끝까지 살아남아야지."

"팀장님이 번개하자는데 거절도 한두 번이지."

"임원방에서 질문 오면 주말이고 밤이고 없는 거지."

지켜야 할 도리가 너무 많다.

주말이면 좀 쉬고 싶은데 도리를 지키느라 쉬지도 못하고, 가만히 앉아서 생각을 좀 하고 싶은데 어김없이 카톡이 울린다. 도리를 다 지키며 살다 보면 가끔 내 삶이 어디로 흘러가는지 까먹을 때가 있다.

나는 무엇을 위해 사는가?

내 삶을, 내 시간을 타인과의 도리를 지키기 위해 모두 소비해 버리는 건가?

그렇게 도리를 다 지키면 누가 알아주기라도 하나?

그럼 내 삶의 도리는 뭐지?

포기했다.

도리를 다 지키다가는 내 삶이 뭉개져버릴 것 같아서 사람들이 말하는 도리를 지키고 사는 것을 포기했다. 도리는 내가 생각하는 만큼만 지킨다. 불필요하다고 생각되는 도리는 패스다. 그래서 집에 오면 카톡 알람은 꺼둔다. 방해받고 싶지 않다. 중요한 게 있으면 전화하겠지.

명절에 부모님을 찾아뵙지 않은 적도 많다. 회사에서 번개, 회식은 자동 패스다. 회사 일의 연장이 아니라 그냥 노는 거니까. 결혼 예물예단은 당연히 안 했다. 한 푼이라도 아껴서 집 사야지. 물론 남들 눈치 안 보고 내 기준의 도리만 지키다가는 욕먹을 때도 있다.

예를 들어 우리 회사는 결혼식 관련 문화가 몇 개 있다. 우선 게시판에 언제 결혼을 한다는 게시글을 올리고, 팀장님과 함께 각 팀을 돌아다니면서 결혼한다고 청첩장을 돌린다. 그리고 신혼여행을 다녀온 뒤에는 결혼식에 온 사람들, 아니 축의금을 낸 사람들에게 결혼 답례품을 준비해야 한다. 이게 여간 신경 쓰이는 일이 아니다. 답례품을 준비하기 위해서는 결혼 휴가 중에 축의금 봉투를 하나씩 세어 보며 참석한 사람들을 엑셀에 기록하고, 그중 회사 사람을 추려내야 한다. 사전에 가까운 떡집이나 과자집에 답례품도 예약해야 한다. 출근 날 새벽에 도착해서 수레에 답례품을 가득 싣고(백 명은 족히 넘으니) 한 사람, 한 사람 자리를 찾아다니면서 자리에 답례품을 놓아둔다. 누가 어느 자리에 앉아 있는지 확인하기도 어렵다. 한 명이라도 빠뜨리면 안 된다. 그래서 행복해야 할 신혼여행에서도 목에 걸린 가시처럼 신경 쓰였다. 이 또한 도리다. 결혼식에 축의금을 내준 사람에 대한 최소한의 도리라고 한다.

난 그 도리를 안 했다. 이유는 많았다. 기억을 더듬어 보면 나도 아침에 출근하면 결혼 답례품이 책상에 놓여 있곤 했는데, 대부분 '잘 살겠습니다' 스티커가 붙은 과자였다.

'누가 준 거지?'

결혼식에 가지 않았기 때문에 누구의 결혼 답례품인지 생각이 나지 않는다. 생각을 쥐어짜 보니 별로 친분이 없는 옆 팀 대리님의 결혼 축의금을 냈다. 옆자리를 보니 김 차장님 자리에는 답례품이 있고, 김 계장님 자리에는 답례품이 없다. 결혼식에 축의금을 내지 않은 사람들에게는 답례품을 주지 않으니까.

결혼하기 전에는 게시판에도 올리고, 돌아다니면서 인사하는데, 결혼식이 끝나고 나서는 축의금을 낸 사람들에게만 답례를 하는 게 살짝 치사한 것 같다. 그렇다고 축의금을 내지 않은 수백 명의 사람들에게까지 똑같이 답례품을 돌릴 돈은 없다. 그래서 아무에게도 답례품을 하지 않았다. 그 대신 신혼여행 동안 찍은 사진을 게시판에 올렸다. 알래스카에서 오로라를 보면서 행복하게 웃으며 손을 흔드는 사진과 함께 결혼식에 와주신 분들과 오지 못한 분들에게 잘 살겠다는 게시글을 올렸다.

축의금을 낸 사람에게만 답례품을 하기보다는 결혼 전에 했듯이 결혼 후에도 게시판에 감사 인사를 동일하게 올리는 게 합리적이라고 생각했다. 축의금은 내지 않았어도 마음으로 축하해준 사람도 있을 테니 말이다. 회사를 다니면서 결혼 후 감사 게시글을 본 적이 한 번도 없었기에 조금 낯설었던 기억이 난다. 보기 좋다는 댓글이 여럿 달렸지만 뒤로 몇 번 쓴소리를 들었던 기억도 난다.

"동수, 답례품 했어?"

"답례품 받아도 뭐 줬는지 기억도 안 나지만, 안 주니까 그건 확실히 기억나겠네."

이런 말을 들으면 잠시 동안 '내가 오바한 건가?', '그냥 남들처럼 할 걸 그랬나?' 싶기도 했다. 남들 하는 거 다 하면서 사는 게 좋은 건가 싶을 때도 있다. 그렇다고 남들이 생각하는 수백 가지 도리를 다 지킬 생각이 눈꼽만큼도 없다.

내가 생각하는 도리는 다음과 같다.

1. 친절할 것
2. 도전하는 사람을 응원할 것
3. 가족에게 최선을 다할 것

적고 보니 몇 개 되지 않는 도리를 지킬 것이다.

세상이 정한 도리를 지킨다고 시간과 돈 그리고 감정을 허비하지 않을 것이다. 내 삶에 대한 도리를 지키는 데에 더 많이 집중할 것이다. 그리고 다시 결혼을 해도 결혼 답례품은 신혼여행에서 찍은 사진을 게시판에 올릴 것이다. 그럴 일은 없겠지만 말이다.

장발이요? 제 머리 길이는
전국 평균입니다

회사를 다니다 보면 그런 사람이 있다. 불편하진 않지만 그렇다고 막 친하지도 않은 사이. 같은 팀이었을 때 약간 친하다가 팀이 바뀌고 나서 따로 밥을 먹진 않는 사이. 프로젝트 하면서 어쩌다 밥도 먹고 술도 먹는 사이. 가끔씩 엘리베이터에서 만났을 때 어색하지 않고 가벼운 농담 정도는 섞을 수 있는 사이. 적당한 거리가 있는 그런 사이 말이다.

나도 회사에 '그런 사람'이 꽤 있다. 내가 다니는 회사는 직원이 천 명 안팎이다. 대부분의 직원들이 서로 얼굴 정도는 알고 있었다. 엘리베이터에서 처음 보는 얼굴이 보이면 '어? 누구지?'라고 생각하는 규모의 회사여서 많은 직원들이 나에게는

'그런 사람'이었다.

　어느 날 타 부서 회의에 가기 위해 엘리베이터를 탔는데, 역시나 엘리베이터 안에는 '그런 사람'이 몇몇 타고 있었다. 나는 그들과 어색하지 않게 살짝 목례를 나누었다. 간혹 엘리베이터에서 큰 소리로 말을 거는 사람이 있는데, 그 차장님도 엘리베이터 안에 타고 있었다. 그날 타깃은 나였다. 차장님은 나를 위아래로 훑고는 살짝 웃으면서 징징대는 목소리로 말했다.

　"야, 머리 진짜 길다. 좀 잘라라, 어우!"

　한두 번이 아니다. 꼭 다른 사람들과 같이 있을 때 모두가 들으라는 듯이 말한다. 볼 때마다 그 소리다. 아… 열받는다.

　그런 사람이 있다. 자기랑 별 상관도 없는데 장난 삼아 시비 거는 사람. 물론 남자 회사원으로서 나의 머리 스타일이 일반적이지는 않다. 하지만 일반적이지 않다고 비아냥의 대상이 되어서도 안 된다. 사람들이 가득 찬 엘리베이터에서 '꼭 그렇게 해야 속이 시원했냐!'

　그럴 때가 있다. 평소에는 아무렇지 않은 말도 딱 거슬릴 때. 그때가 그랬다. 만약 그날 내가 회의 가는 길이 아니라 점심 식사를 하러 가는 길이었다면, 어쩌면 그냥 웃어 넘길 수도 있었다. 그런데 회의 가는 길이라 긴장도 하고 짜증도 나는데 다른 사람도 들으라는 듯이 말을 하니 그날따라 더 킹받았다. 욱 하는 마음에 똑같이 돌려줬다. 가벼운 농담 톤을 유지하면서, 기분 나쁘지 않을 만한 목소리로 튜닝하고 적당히 데시벨을 조정했다.

"차장님, 제 머리가 우리 회사 평균 머리 길이에요. 지금 여기 엘리베이터에 있는 사람들을 보세요. 제 머리가 딱 중간이에요. 혹시 머리 길이로 남녀 차별하는 거 아니시죠?"

엘리베이터 안에 있는 사람들이 모두 명확하게 들을 수 있는 목소리로 말했다.

"그러네, 하하…."

뭐 농담한 걸 가지고 그러냐며 멋쩍어 하는 대머리 차장님께 한 방 더 날렸다.

"차장님도 머리를 길러 보세요. 잘 어울릴 것 같은데요?"

그때 마침 엘리베이터 문이 열리고 나는 내렸다.

"먼저 갑니다. 다음에 식사 한번 해요. 메신저 드릴게요!"

드립을 너무 잘 친 것 같아서 짜릿했다. 아… 지금 생각해도 속이 다 후련하다. 내리면서 힐끗 봤는데 엘리베이터 안에 있던 사람들도 티 안 나게(하지만 다 티 나게) 아주 살짝 고개를 숙이며 킥킥 웃었다. 스스로 잘했다고 생각했다. 기분 좋은 마음으로 회의도 잘 끝냈다.

회사를 다니다 보면, 아니 세상을 살다 보면 '그런 사람'들을 많이 만난다. 그리 친하지도, 가깝지도 않은 가벼운 사이. 물론 '그런 사람'들도 우리의 삶을 구성하는 데 없어서는 안 될 사람들이다. 문제는 이 사람들 중 몇몇은 나에게 상처를 주기도 한다는 것이다. 그것은 상사의 감정 섞인 피드백이 될 수도 있고, 뒤에서 나를 욕하는 직원이 될 수도 있다. 어쩌면 은근히 나를 따돌리는 분위기가 될 수도 있고, 은근히 나를 무시하는 동료가 될 수도 있다. 아니면 농담처럼 돌려까기를 시전하는 사람일 수도 있다.

'그런 사람'을 만나면 한 번쯤은 생각하게 된다. 이 사람은 나의 인연인가? 아니면 그냥 '그런 사람'인가? 대부분은 '그런 사람'이다. 그 사람과 나 둘 중 한 명이 퇴사를 하게 되면 아마 평생 먼저 연락할 일이 없는 사람. 그런 사람에게는 여지없이 선을 긋는다. 찌이이익…!

세상에 상처받을 일이 얼마나 많은데, 진짜 인연에게도 얼마나 많이 상처를 받는데, 그것만으로도 충분한데 감히 '그런 사람' 주제에 나를 슬프게 하다니. 나에게 상처를 입히다니. 나의 자존감을 떨어뜨리다니.

쉽진 않지만 다짐한다.

'그런 사람'에게 상처받지 않으리.

'그런 사람'에게 상처주지 않으리.

앞으로도 누군가 나에게 '머리 너무 긴 거 아니냐?'라고 돌려까면 똑같이 말할 거다.

내 머리 길이는 전국 평균이라고.

이상한 기준 들이밀지 말라고.

나한테 상처주지 말라고.

당신 머리나 신경 쓰라고.

딱, 20억만 있으면
좋겠습니다

마흔. 세상의 유혹에 흔들리지 않는 나이, 불혹이다. 그래서 인지 20억이 가지고 싶다는 마음도 흔들림이 없다. 40살은 괜찮은 나이다. 20대에 어떤 일을 해야 할지 고민하고, 30대에 일을 찾아 열심히 실력을 다졌다면, 40대는 어느 정도 삶의 길이 정해지는 나이다. 유재석은 40대에 국민 MC가 되었다고 하지만 그건 유재석이고. KFC할아버지는 62살에 KFC를 차렸다고 하지만 90살에 돌아가셨다.

솔직히 꿈을 이루기 위해 새로운 도전을 하기에 40대는 좀 늦은 감이 있다고 생각한다. 내가 이제까지 쌓아놓은 것을 포기하긴 아깝고, 부양해야 할 가족도 있다. 왠만한 경험은 해본 나이로 새로운 것에 도전하기보다는 익숙한 것을 지키려는 시기다. 그래서 유혹에 혹하지 않는 불혹인가 보다.

그런데 가끔 이렇게 말하는 사람들이 있다.

"40? 뭐 어때서?"

"그런 게 어디 있냐? 늦었다고 생각될 때가 가장 빠른 거야."

"오늘이 네 삶의 가장 젊은 날이야."

멋진 말이다. 누가 이런 말을 하나 자세히 들여다보면, 그 주인공들은 이미 꿈을 이룬 대단한 사람들이다. 무엇인가 해낸 사람들이다. 그러니까 내가 그런 사람들의 말을 들었겠지. 그들은 이미 대단한 사람이기 때문에 "돌이켜보니 힘들었지만 할 수 있어"라고 말할 수 있는 거다. 성공한 사람만이 할 수 있는 '좋은 이야기'다. 만약, 개뿔도 가진 것 없는 40살 아저씨가 "난 뭐든지 할 수 있어", "앞으로 난 내 꿈을 위해 살 거야"라고 말한다면 "와, 아저씨 멋져요!"라는 말이 선뜻 나오지 않을 것이다.

꿈 타령 하는 40살은 허풍쟁이 소리를 듣기 딱 좋다. 그렇다. 나는 허풍쟁이다. 습관처럼 아내에게 하는 말이 있다.

"여보, 걱정 마. 한 방 터질 거야!"

"여보, 나만 믿어. 얼마 안 남았어!"

"딱 20억 모으고 은퇴하자!"

말을 하고 나니 부자가 된 듯한 기분이다. 마치 로또를 샀을 때의 기분이랄까? 물론 20억을 모을 수 있는 사업을 하고 있거나 구체적인 계획을 세우고 있진 않다.

한번 계산해 본 적이 있는데, 우리 부부가 아무리 월급을 아껴 쓰고 정년까지 다닌다 해도 현금 20억을 모으는 것은 산술적으로 불가능하다. 그나마 잘 다니고 있는 회사에서도 휴직왕 타이틀을 가진 내가 20억이라니. 멍! 멍! 강아지 밥 달라는 소리다.

그런데 왜 나는 20억을 가지고 싶을까?

20억이면 일을 하지 않고도 월 300만 원씩 50년은 살 수 있기 때문이다. 그럼 은퇴하고 뭐할 거냐고? 나에게 조금 더 가치 있는 일을 하고 싶다. 그건 바로 어린 시절 한 번쯤 해보고 싶었던 일들과 꿈에 도전해보는 것이다.

아내와 나는 참 열심히 살았다. 우리는 둘만의 힘으로 작은 빌라에서 시작해 지난 10년간 매일 재태크 공부도 하고, 주식과 코인도 하며 아낀 결과, 드디어 집을 샀고, 통장엔 6억 원을 모았다. 마이너스통장 6억 원.

상황이 이렇다 보니 20억을 모으기 위해서는 26억을 모아야 하고, 한 달에 300만 원씩 72년을 모아야 하는데, 그럼 내가 112살이다. 기적적으로 112살까지 산다 해도, 20억을 모으자마자 죽어야 한다. 그래서 20억 모으기는 포기했다.

그럼 내가 꿈꾸던 은퇴 후 삶은 어떡하지? 내 어린 시절 꿈을 그냥 꿈으로 두어야 하나? 포기해야 하나? 그건 싫은데….

우선 20억을 벌었다고 치고 은퇴하면 하고 싶은 것들을 적어 봤다.

✧ 고깃집 해보기

✧ 꽃집 해보기

✧ TV에 출연하기

✧ 철인3종경기 도전해보기

✧ 대기권 밖에서 지구 보기

✧ 제주도 살아보기

✧ 결혼하기

✧ 바오밥나무 만져보기

✧ 이글루에서 자보기

✧ 배에 王자 만들어보기

✧ 산티아고 순례길 걸어보기

✧ 실버 버튼 갖기

✧ 마당 있는 집에서 살아보기

✧ 아기 강아지를 데려와서 죽을 때까지 함께하기

✧ 뉴질랜드 번지점프 뛰어보기

✧ 라스베이거스 가보기

✧ 퇴사하기

✧ 딸아이의 결혼식장에서 멋지게 등장하기

✧ 손주 보기

✧ 나만의 사무실 가져보기

✧ 물속에서 만타 가오리 만나보기

✧ 프리다이빙 해보기

✧ 이제까지 여행 갔던 곳 한 번 더 가보기

✧ 바다에서 문어 잡아보기

✧ 모델 해보기

✧ 쿠바에서 시가 펴보기

✧ 책 쓰기

✧ 영화 찍어보기

이미 이룬 것도 있지만, 아직도 할 것이 많다. 그런데 적고 나서 보니 내가 하고 싶은 대부분의 것들은 물건을 소유하거나 목적을 이루는 것이 아니라, 그냥 한번 해보는 것들이다. 휴~ 천만다행이다.

한강이 보이는 아파트나 페라리를 가지는 것이 꿈이라면 이루기 어렵겠지만, 다행히 나의 리스트에는 없다. 열심히 공부해서 판사 되기와 같은 불가능한 항목도 없다. 비싼 것을 소유하거나 대단한 업적을 이루기엔 나의 능력도, 운도, 열정도 그리고 시간도 부족하다.

아마 대부분은 내가 평생 이룰 수 없는 것들이다. 하지만 '한번 해보는 것'은 못할 이유가 없다. 배에 王자 만들기, 강아지 키워보기, 문어 잡아보기는 재능과 재산에 상관없이 얼마든지 할 수 있는 것들이다. 필요한 것은 노력과 용기뿐이다. 그래서 그 꿈들을 하나씩 이루기로 했다. 한 살이라도 젊을 때 도전해보기로 했다. 올해도 몇 가지를 이뤄볼 셈이다.

우선 벌써 이룬 것이 있다. 내 유튜브 수익과 광고 수익을 탈탈 털어서 8평짜리 사무실을 1년 계약했다. 막상 계약을 하고 나니 사무실에 덩그러니 혼자 있기 심심했다. 혼자 있는데 냉/

난방기 펑펑 틀자니 아까워서 몸빵도 했다. 당연하게 여겼던 볼펜, 칠판, 냉장고, 복사기, 스템플러 모두 내가 사야 했고, 없으니 불편했다. 그리고 청소도 해야 했고, 쓰레기도 내가 버려야 했다. 회사 다닐 때 몰랐던 불편한 것들이 보였다.

반대로, 생각했던 것보다 더 만족스러웠다. 매일 사무실에 가니 출근하는 기분도 들고 뭔가 제대로 하고 있다는 생각도 들었다. '사업을 하면 이런 느낌이겠구나'라는 걸 알게 됐다.

앞으로 이룰 것도 몇 가지 있다. 그중 한 가지는 제주도에서 살아보기다. 우리 네 식구는 은행의 힘을 빌려, 아주 많이 빌려, 아니 100% 다 빌려서 7월 제주도 한 달 살기를 예약했다. 그리고 바닷가 근처의 마당 있는 집으로 예약했다. 통발을 던져서 문어도 잡아볼 요량이다. 이게 욜로인가? 아니다. 꿈을 위한 투자 정도로 해두자.

이렇게 마음먹고 나니 하고 싶은 것을 하기 위해 20억이 필요했던 건가 싶다. 어차피 20억 모으기는 포기했으니 이젠 하나씩 해보는 것만 남았다. 그렇게 하다 보면 내가 꿈꿨던 게 정말 나한테 맞는 일인지, 기대만큼 재미있는지, 내가 생각했던 것과 다른지 알 수 있을 것이다. 그리고 지금 내 삶이 얼마나 만족스러운지, 앞으로는 어떤 걸 하면서 살아야 할지를 알 수 있을 것이다. 어쩌면 그 경험이 나를 새로운 삶으로 인도할지도 모르는 일이다.

이 글을 읽는 분들에게 "이렇게 살아보세요. 사셔야 해요"라고 말하고 싶지는 않다. 삶의 기준과 방향을 제시하기에 나는 한참 부족하다. 금전적으로나 사회적으로나 성공한 사람도 아닐뿐더러 나의 이야기 방식도 아니다. 난 그냥, "저는 이렇게 할 거예요. 여러분은요?" 하고 묻는 것뿐이다.

언젠가 소담이와 동하가 미래를 고민할 시기가 올 것이다. 그 시절이 왔을 때, "너는 꿈이 뭐니?", "그 꿈을 위해서 무엇을 하고 있니?", "왜 꿈이 없니?"라고 묻기보다는, "아빠는 아직 하나씩 도전해 보면서 하고 싶은 걸 계속 찾는 중이야. 같이 찾아보자"라고 말하는 아빠가 될 거다. 하고 싶은 것을 계속해서 찾고 해나가는 모습을, 용기 있는 모습을 소담이와 동하에게 보여주고 싶다.

나는 허풍쟁이다. 나는 그런 내가 좋다. 이렇게 뭔가를 계속
하다 보면, 내가 꿈꾸던 삶이 현실이 되는 순간이 올 거라고 믿
는다.

그때가 되면 정말 좋겠다.

지금 선 그었습니다,
그 선 넘으면 손절합니다

내 삶은 특별하지 않다. 지구의 수많은 사람 중 한 명인데 내가 특별할 것이 뭐가 있겠는가. 어차피 사람들은 나에게 관심이 없기 때문에 하고 싶은 것들을 하면서 살면 그만이다. 하지만 아무리 작은 사회라도 그 안에는 반드시 지켜야 할 법이 있다. 그리고 법 외에도 지키면 좋은 것이 있다. 바로 매너다. 이 매너가 너무 많기도 하고 어렵기도 하다.

나 또한 최대한 매너를 지키며 살려고 노력하지만 모두 지키기는 역부족이다. 그래서 내가 지키고 싶은 것만 지키기로 했다. 뭐 어떤가? 법도 아닌데.

그러다 보니 의도치 않게 튀어 보일 때가 있다. 머리카락이 조금 길다든지, 양말을 잘 안 신는다든지, 회사에서 점심 식사를 안 한다든지, 집에 와서 핸드폰을 안 본다든지, 상대방의 직급에 관계없이 동등하게 대한다든지 말이다.

물론 이런 나를 싫어하는 사람들도 많다. 꼭 '난 니가 싫어'라고 말하지 않아도 말투와 행동에서 '아, 이 사람은 나를 싫어하는구나'라는 기운을 풍길 때가 있다. 나도 싫어하는 사람이 있으니 나를 싫어하는 사람도 당연히 있을 것이다.

그런데 문제는 그걸 말하는 사람이다. 회사원이 머리가 왜 이렇게 기냐고, 퇴근 후 단톡방 질문에 왜 즉각 답변하지 않냐고, 직장 상사에게 예의를 차리지 않냐고 말한다. 이런 말은 자신의 생각으로 타인의 행동을 판단하는, 그리고 감정을 공격하는 행위다. 한마디로 무례한 행동이다. 선을 넘는 행동이다.

나에게는 분명한 선이 있다. 그리고 누군가 그 선을 넘으면 나는 선을 긋는다. 진하게. 내가 선을 그었다는 것을 느끼도록. 다시는 넘어오지 못하도록. 예컨대, "저는 그렇게 생각하지 않는데요?", "아, 제 생각은 달라요", "왜 그렇게 해야 하죠?"와 같은 말을 하거나, 더없이 깍듯하고, 지극히 사무적으로 말한다.

이 밖에도 나는 선이 몇 개 더 있다. 내 스스로 지키고 싶은 기본적인 것들에 대한 선이다. 예를 들어, 인종과 젠더 차별적 발언과 그들에 대한 차가운 시선을 내뿜는 선, 친절을 당연하게 생각하지 않는 선 등이다. 이런 선들은 지극히 개인적이어서 옳고 그름이 없을뿐더러, 법적으로도 전혀 문제가 없기 때문에 강요할 수도 없다. 단 이 선을 넘는 사람은 나와는 함께 섞일 수 없다. 잘못된 것은 아니지만 나와 맞지 않는 사람인 것이다.

사람들 모두 각자의 이유가 있고, 그 사람들을 네 편, 내 편으로 가르는 것은 좋지 않다고 배웠다. 맞는 말이다. 사람과 사람 사이에 미리 선을 긋는 것은 옳지 못한 행동이다. 하지만 고등학교 때 같은 반 친구가 모두 내 친구가 아닌 것처럼, 같은 직장을 다닌다고 모두 나의 동료는 아니다.

나의 선을 찾고, 긋는 데는 오랜 세월이 걸렸다. 이렇게 선을 긋다 보니 어느새 거절을 잘하는 사람이 되었다. 어릴 적 내향적인 녀석이 제법 정중하게 거절할 줄 아는 어른이 되었다.

앞으로의 삶에서도 내 선 안에 있는 사람들과의 시간과 삶을 위해, 내 선 밖의 사람들에게는 거절할 것이다. 그러니 혹시라도 상처받지 않길 바란다. 우린 다를 뿐이니까.

재능이 한 톨도 없는데
어쩌죠?

재능이 없다.

재능이 없으니 노력을 해도 잘 안 됐다.

중학교 미술 시간, 나도 그림을 잘 그리고 싶었다. 하지만 새하얀 도화지 위에 점 하나를 찍기도 망설여졌다. 무슨 그림을 그려야 할지 몰라 다른 친구들이 그림을 그릴 때까지 기다렸다가 보고 그리기를 반복했다. 한 반에 한두 명씩 꼭 있는, 그림 잘 그리는 친구의 그림을 보면서 참 많이도 부러워했다. 예술은 노력한다고 되는 것이 아니다. 아마 난 예술에는 소질이 없었던 것 같다.

고등학교 수학 시간, '수학의 정석'이란 단어에서 오는 거부감이 있었다. 가뜩이나 수학도 싫은데 정석이라니. 정 떨어진다. 정석은 정확하고 바른 느낌이었는데, 신발도 질질 끌고, 걸음걸이도 꾸부정하고 말도 성의 없이 툭툭 하는 나에게 '정석'이란 단어는 어울리지 않았다. 정석보다는 대충이 어울렸다. '수학의 정석' 대신 '수학의 대충', '대충 수학' 이런 게 있었으면 조금 나았을까?

'개념원리'는 또 어떤가? 두말하면 잔소리다. 그래서인지 모든 수학의 첫 장에 있는 집합과 연산을 넘기기가 어려웠다. 풀기 어려운 문제를 공부 잘하는 친구에게 물어보면, 그 친구는 문제를 보자마자 술술 써 내려갔다. 그 모습이 그저 신기했다.

"이런 문제는 말이야, 출제자의 의도를 파악해야 해!"

"이 문제의 핵심은 근의 공식을 이용하는 것인데, 함정이 있으니 주의해야 해!"

"아… 동수 너처럼 생각할 수도 있는데, 이건 그런 문제가 아니야!"

뭐라고? 출제자의 의도를 어떻게 파악하라는 거야? 공식이 얼마나 많은데…. 이 문제에 어떤 공식을 쓰는지 어떻게 알지? 아니, 그것보다 정답이 있는 문제를 왜 풀어야 하는 거지? 나의 뇌 구조로는 수학을 받아들이기 힘들었던 모양이다.

영어도 별반 다르지 않았다. 수능 영어 시간, 듣기평가가 시작되었다. 학생들 모두 긴장했다. 내 기침 소리 하나로 교실 안의 학생들이 문제를 놓칠 수 있다는 생각에 모두들 예민했다. 어떤 학생은 스피커 볼륨이 작다며 올려달라고 했고, 어떤 학생은 심호흡을 하고 있었다. 시험지가 전달되고 "딩동댕" 종소리와 함께 스피커에서 문제가 흘러나왔다. 공부 잘해 보이는 녀석들은 자기만의 루틴이 있었다. 미리 지문을 읽고, 초집중해서 스피커에 흘러나오는 문제를 들었다. 그 후 정답이 나오면 마킹을 했다.

나에게 듣기평가는 보기평가였다. 눈으로 잘 관찰하는 과목 말이다. 우선 촉으로 공부 잘해 보이는 녀석 두세 명을 찍는다. 그리고 듣기평가가 시작되면 나는 그들을 바라본다. 어차피 못 알아먹을 문제는 들을 필요도 없다.

문제가 나오고 1, 2, 3, 4번 보기가 스피커에서 흘러나올 때, 시력을 집중해야 한다. 3번 보기가 나오자 공부 잘해 보이는 녀석들이 고개를 숙이고 사각사각 정답을 마킹한다. 정답은 3번이다. 간혹 내가 찍은 녀석들이 고개를 갸웃거릴 때가 있다. 그때는 찍는다. 고민은 하지 않는다. 오랜 경험상 찍을 때 하는 고민은 헛수고란 걸 알기 때문이다.

나는 이 방식으로 꾸준히 하위권 성적을 유지할 수 있었다. 모의고사의 난이도와 관계없이 영어는 1/3 정도 맞추었고, 수능 영어도 30점 내외로 점수가 나왔다. 영어를 공부해보지 않은 건 아니다. 단어를 아무리 찾아봐도 이게 무슨 말인지 도무지 해석이 안 되었다. 누군가는 단어책을 다 외웠다고 하고, 누군가는 통으로 문장을 외운다고 해서 나도 해보려고 노력했지만 안 됐다. 누군가는 운이 좋아 해외에 살다 와서 유창하게 영어를 했고, 누군가는 영어가 재미있다고 했다. 영어로 대화가 가능한 능력을 갖춘 애들이 참 부러웠다. 아무래도 나에게 영어 세포는 존재하지 않았던 것 같다.

대학교 1학년이 되자, 고등학교 3년 내내 제대로 공부 한번 안 해본 주제에, 성인이 되면 누려야 할 것들은 반드시 누려야 한다고 생각했다. 그래서 술을 마시고, 당구도 치고, 노래방도 가며 세월을 보내다가, 학교를 자퇴했다. 그리고 25살. 아르바이트도 해볼 만큼 해보면서 세상 더러운 꼴도 많이 보고, 군대에서 별의별 놈들 다 만나면서 자기의 꿈과 목표를 이야기하는 사람들에게 자극을 받기도 했다.

그렇게 자퇴한 학교에 재입학하고 나서야 다짐이 생겼다. 처음에는 전공 수업을 열심히 들어보기로 했다. 내가 아는 유일한 공부법은 예습과 복습이었다. 서울대학교를 합격한 애들의 인터뷰를 보면 예습과 복습을 잘했다고 했다. 수업 전 반드시 예습을 했고, 수업이 끝나면 다시 한번 복습했다. 예습이나 복습을 중고등학교 때 안 해본 것은 아니었지만, 한 학기 내내 전과목을 예습과 복습을 했던 적은 없었다.

그 결과, 공부에는 영 소질이 없던 내가 처음으로 장학금을 받게 됐다. 지방 대학교에서 장학금을 받는 것쯤은 재능이 없어도 예습과 복습만 매일 하면 탈 수 있었다.

4년 뒤, 29살. 2년이 넘는 시간 동안 하루 평균 5시간 이상 영어만 공부했다. 그 결과 교환학생을 갈 수 있었다. 1년간 미국에서 공부 후 돌아와서 바로 치른 첫 번째 토익 점수는 940점이었다. 이 정도는 재능이 없어도 노력만으로 이룰 수 있다는 것을 알게 되었다. 그리고 그해 취업에 성공했다.

회사에서도 특별한 재능 없이 남들만큼 일하고, 남들만큼 월급루팡도 하며 평범한 직장인의 삶을 살았다. 그러다 몇 번의 기회로 학생들을 만나거나 취준생을 만난 적이 있었는데, 그때 처음으로 누군가 나를 부러운 눈으로 바라본다는 것을 느꼈다. 영어도 할 줄 알고, 취업도 하고, 결혼도 한, 모든 것을 가진 사람, 부러운 사람으로 바라봤다.

몇 년을 더 있어 보니 이제는 더 가관이다. 나의 첫인상이 아주 부유하고 평온한 집에서 엘리트 교육을 받은 사람인 줄 알았다고 한다.

'으잉?'

태어나서 처음 들어보는 말이었는데, 주변 사람들에게 물어보니 너도나도 "어? 저도 그런 줄 알았는데, 아니에요?"라는 것이다.

'아… 그렇구나. 내 모습이 많이 바뀌었구나.'

아무런 재능이 없던 내가 어떻게 바뀌었을까 생각해봤다. 역시, 결론은 노력뿐이다. 노력에 노력을 더한 노력에 한 번 더, 두 번 더, 세 번 더 하는 노력.

살면서 노력이 나를 배신한 적은 많았다. 분명히 밤새 공부했는데 시험을 망쳤고, 한 달간 열심히 단어를 외웠지만 머릿속에 남는 것은 없었다. 혼신의 힘을 다해 준비한 자소서도 탈락했다. 노력은 배신하기 마련이다. 그도 그럴 것이, 세상 모든 사람들이 다 노력하고 살기 때문이다.

하지만 특별한 노력은 우리를 절대 배신하지 않는다. 하루, 일주일, 한 달이 아니라, 1년, 3년, 5년간 지속한 노력은 우리를 절대 배신하지 않는다. 특별한 노력은 결과가 아니라 자신을 바꾸기 때문이다. 비록 특별한 노력으로 원하는 결과를 갖지 못하더라도, 그 노력의 시간이 나의 단단한 힘이 되기 때문이다.

인생에 한 번은 특별한 노력이 필요한 이유다.

노력과 성장이
꼬리에 꼬리를 무네요

20살, 나는 'All F'를 받고 순천향대학교를 자퇴했다. 4년 뒤 25살, 나는 순천향대학교에 재입학했다. 자퇴를 했기 때문에 복학이 아닌 재입학이었다. '그게 무슨 차이야'라고 생각할 수 있지만 어마어마한 차이가 있다. 재입학을 하면 입학금을 한 번 더 내야 했다. 쉽게 말해서, 탈퇴를 했기 때문에 다시 가입비를 내야 했다. 입학금을 다시 내고 (다행히도) 2학년으로 복학했다.

재입학을 하고 보니 내가 경제금융학과란다. 1학년 때는 경제학부였는데…. 알고 보니 1학년이 끝나면서 경제금융학과와 금융보험학과 중 선택해야 하는데, 내가 학교에 없어서 그때 당시 조교가 나를 경제금융학과로 넣은 것 같다.

군대에서 번 돈을 쪼개서 가입비(등록금)와 서비스 이용료(학비)를 내고 학교에 돌아와 보니 익숙한 얼굴들이 보였다. 4년 전함께 입학했던 동기들이었다. 학교생활이라고는 제대로 해본적이 없어서 친한 친구들은 없었다. 여자 동기 중에는 이미 졸업해서 어디 어디 취업을 했다 하고, 누구 누구는 편입을 했다고 한다. 그들의 학교생활은 끝이었지만, 나는 이제부터가 시작이었다.

25살의 나는 간절했다. 돌이켜보니 내가 보낸 시간들이 허송세월 같았다. 재입학금과 학비를 내고 나니 이라크파병으로 모아둔 1,200만 원 중 1/3이 뚝 떨어져 나갔다. 이대로라면 1년이면 자금이 소진된다. 정말 딱 1년만 열심히 다녀보자고 마음먹었다.

'전역하고 정신 차린 복학생'
그 시절의 나를 설명하기 딱 적절한 표현이었다. 아침에 일어나 대충 씻고 8시쯤 학교 도서관에 갔다. 자취방에서 강의실로바로 간 기억은 없다. 아침 8시의 도서관은 조용했다. 내가 원하는 자리 어디든 앉을 수 있었다. 간혹 열람실 맨 뒤쪽 구석에 책을 10권씩 쌓아두고 공무원 시험을 준비하는 듯한 복학생이 보였는데, 난 그런 자리보다는 입구와 가까운 창가 쪽 자리를 선호했다. 바로 밖으로 나갈 수 있고, 졸릴 때 밖을 볼 수 있기 때문이다.

도서관에서는 외국어와 전공 과목을 공부했다. 아니, 하려고 노력했다. 어느 날은 9시에 수업이 있기도 하고, 어느 날은 오후에 수업이 있기도 했다. 수업이 몇 시든 상관없었다. 수업 시작 10분 전에 도서관에서 나와 스쿠터를 타고 강의실로 갔다. 강의실에서는 항상 맨 앞자리에 앉았다. 공부 잘하는 사람들은 앞자리에 앉는다고 들었기 때문이다. 내가 할 수 있는 일은 다 하겠다고 다짐했으니 앉을 자리를 뒤에서 앞으로 이동하는 건 어렵지 않았다. 그리고 앞자리는 항상 비어 있었기 때문에 수업 시간에 딱 맞추어 도착하는 나로서는 명당이었다.

앞자리에 앉은 탓인지, 전공 과목을 예습, 복습해서인지, 아니면 같이 잡담할 친구가 없어서인지 교수님의 수업이 머릿속에 쏙쏙 들어왔다. 그러다 보니 자연스럽게 질문도 하게 되었다. 그렇게 하루에 보통 2~3개의 수업을 들었다.

1학년 때 수강한 모든 과목을 재수강해야 했기에 학점은 늘 최대치로 채웠다. 1시간이라도 공강이 생기면 스쿠터를 타고 도서관으로 갔다. 그리고 외국어, 전공 과목을 공부했다. 수업이 끝나면 다시 도서관으로 갔다. 그리고 외국어, 전공 과목을 공부했다. 도서관에서 가장 늦게 나오는 사람은 나였다. 주말에도 도서관을 갔다. 주말에는 외국어만 공부했다.

중간고사와 기말고사를 마치고 2학년 1학기가 끝났다. 학점이 나왔는데, 한 과목만 A를 받고, 나머지 과목은 모두 A+를 받았다. 그리고 장학금을 준단다.

'장학금?'

태어나서 단 한 번도 공부를 잘해 본 적이 없었다. 항상 중간. 잘하면 중상위권, 못하면 중하위권.

'그런 내가 장학금을 받는다고?'

어안이 벙벙했다. 길을 지나가는데 누가 갑자기 수고했다며 돈뭉치를 준 기분이다. 아니, 술집에서 서빙하는데 갑자기 손님이 "고생하네" 하면서 돈다발을 주면 이런 기분일까? 횡재했다. 전액 장학금이 아닌 반액 장학금이었지만 엄청나게 큰돈이었다. 돈을 번 기분이었다. 아니, 돈을 벌었다. 공부만 했는데 돈을 주다니…. 더 이상 아르바이트는 필요 없다고 생각했다. 내가 열심히 한 노력들이 틀리지 않았던 것이다.

그 뒤로 도서관-강의실-도서관-자취방-도서관의 루틴을 지독하게도 반복했다. 그 루틴을 지키지 않은 날은 아주 많게 잡아도 1년에 열흘이 채 되지 않았다. 수업을 제외하고 하루 평균 10시간 이상 도서관을 지켰다. 도서관 앞에는 항상 '전역하고 정신 차린 복학생'의 스쿠터가 있었다. 아침에도 있었고, 점심에도 있었고, 저녁에도 있었고, 주말에도 있었고, 명절에도 있었고, 생일에도 있었다. 내가 삶에서 가장 지독하고 치열했던 기간이 그렇게 흘러갔다.

2년 6개월 뒤, 나는 미국 교환학생에 합격했다. 지난 5학기 동안 3과목만 A를 받았고, 나머지 과목은 A+를 받았다. 초등학교, 중학교의 방과후 활동으로 영어를 가르치면서 500시간이 넘는 봉사활동을 했다. 다행히도 미래에셋 장학생에 뽑혀서 미국 교환학생 학비를 받아 1년간 미국에서 일하지 않고 공부할 수 있었고, 미국에서도 루틴은 더욱 철저하게 지켰다.

1년간 한국말을 한 마디도 하지 않겠다고 다짐했다. 단 한 번도 한국에 전화하지 않았고, 간혹 한국인이 "안녕하세요?"라고 인사하면 "Hi"라고 답했다. 한국인 친구는 한 명도 없었고 미국인 친구와 자취하면서 6개월이 지났을 즈음에는 영어로 꿈도 꾸었다. 다행히 미국에서의 수업은 따라갈 만한 수준이었고, 1년 동안 한 과목을 제외하고 모든 과목에서 A를 받았다. 미국에서 도서관을 가지 않은 날이 며칠이나 있었을까? 참으로 지독하고 힘든 시간들이 지나갔다.

돌이켜보면 무엇이 나를 그렇게 내몰았는지 모르겠다. 다시 하라고 한다면 그때만큼 열심히 할 자신도, 하고 싶은 마음도 없다. 한 가지 확실한 것은, 내가 열심히 할 수 있었던 계기가 바로 첫 번째 장학금 때문이었다. 단 한 번의 성공, 나의 노력이 보상받았다는 느낌, 성취감 그리고 자신감. 그게 첫 시작이었다.

첫 번째 장학금은 나에게 '횡재'였다. 횡재를 맛보니 우습게도 '장학금'은 당연히 내가 받아야 되는 '월급'처럼 느껴졌고, 전액 장학금을 놓칠 때는 돈을 잃은 기분이 들었다.

노력한다 –> 노력의 결과, 성장한다 –> 성장의 재미를 느낀다
–> 재미있기에 다시 한번 노력한다 –> 그리고 성장한다

성장의 선순환이 시작되었다. 한번 시작된 성장의 선순환은 좀처럼 멈추지 않았다. 지금의 나는 25살의 나와는 비교할 수 없을 만큼 성장했다. 이제 제자리에 가만히 머물러 있는 나의 삶은 상상하기 어렵다.

만약 내가 아이들에게 한 가지 경험을 선물할 수 있다면 나는 '첫 번째 작은 성공'을 선물할 것이다. 그로 인해 성장의 선순환이 시작될 수 있도록 말이다.

저에게 거품이
잔뜩 꼈어요

이상한 일들이 벌어지고 있다.

갑자기 TV에 출연하게 되더니, 유튜브 채널의 구독자가 늘었고, 대기업, 대학교에서 강연 요청이 쏟아졌다. 그리고 책을 쓰고 있다.

내 삶의 대부분은 예상한 대로 흘러가곤 했는데, 최근의 내 삶은 그렇지 않다. 내가 기대했던 것보다 더 좋은 결과가 나오고 있다. 거품이 낀 것이다. 거품이 낀 덕분에 여러 사람들 앞에서 말할 기회가 많아졌다.

나는 보통 다음과 같은 이야기를 한다.

✧ '눈치 보지 마세요.'

✧ '삶은 여러분의 것입니다.'

✧ '누구나 한 번쯤은 특별한 노력이 필요합니다.'

✧ '행복해야 합니다.'

✧ '지방대라고 기죽지 마십시오.'

✧ '우리는 할 수 있습니다.'

　나의 삶과 나의 생각을 사람들에게 이야기할 때면 뭐라도 된 기분이다. 거품이 또 잔뜩 낀다. 그래도 연사라고 '어떻게 하면 좋은 메시지, 선한 영향력을 끼칠 수 있을까?' 하는 제법 깊은 고민을 해보지만 아직까지 뾰족한 레퍼토리를 찾지 못했다.

　그도 그럴 것이 한평생 듣는 사람의 입장이었던 나는, 누군가의 말을 귀 담아 듣거나 쉽게 감동하고 젖어드는 사람이 아니었다. 고기도 먹어본 놈이 먹는다고, 감동도 받아본 놈이 줄 수 있는 것인데, 제대로 강연을 들어본 적이 없어서 어떤 강연이 좋을지 고민하면서 자료를 뒤적여본다.

　유튜브에 명강의라고 검색하면 나오는 김창옥, 김경일과 같은 대가들 그리고 법륜스님의 대담 같은 것을 보면 '어떻게 듣는 사람의 마음을 사로잡을 수 있을까?' 생각하며 짜깁기하는 사이에 또 거품이 낀다.

코로나19가 한창 세상을 휘감고 있을 때, 나도 코로나를 지독하게 앓은 적이 있다. 하는 수 없이 5일간 시체처럼 누워 있었다. 기침하고, 코 풀면서 5일을 보냈다. 누워 있는 동안 몸을 이리저리 움직이면서 몸 상태에 집중했다. 2~3일쯤 지나니 컨디션이 회복되고 목도 덜 아팠다. 근육통도 괜찮아지니 살 것 같은 느낌이 들었다.

그때 눈을 감고 몸을 다시 한번 스캔했다. 컨디션이 꽤 올라왔다. 머릿속도 맑아졌다. 몸에 집중하는 사이 거품이 조금 벗겨진 느낌이다.

거품이 벗겨지니 슬쩍 속마음이 보였다. 애써 아니라고 했지만, 불안해하고 있었다. 회사를 휴직하고 새로운 삶을 살아보려는 도전에, 과연 내가 잘 해낼 수 있을까? 조만간 유튜브도 성장을 멈추고, TV 출연 빨도 사라지지 않을까? 본질적인 불안함과 두려움을 애써 드러내지 않는 내 자신이 보였다. 과연 내가 잘 결정한 걸까?

이렇게 슬쩍이라도 불안한 속마음이 비춰질 때면 꼭 하는 일이 있다. '괜찮아 거품'을 만드는 일이다. 숨을 크게 들이마시면서 '괜찮아 거품'을 만들고, 내뱉는 힘으로 마음속의 불안함을 덮는다.

'괜찮아 거품'은 내가 제일 좋아하는 거품이다. 이 거품은 웬만한 상처는 쉽고 빠르게 그리고 대충 덮을 수 있다. 무엇보다도 대충 덮을 수 있다는 게 제일 마음에 드는 점이다. 어차피 상처를 거품으로는 치료할 수 없으니 대충 쓱 덮으면 된다.

이렇게 덮으면 불안함이 가시고 괜찮은 것 같은 느낌이 든다. 그리고 나서 조금 더 괜찮아지기 위해서 몇 가지 거품을 더 던진다.

✧ '눈치 보지 말자 거품'
✧ '내 삶은 내 거다 거품'
✧ '노력이 다 이긴다 거품'
✧ '행복하면 된다 거품'
✧ '할 수 있다 거품'

이러한 거품으로 불안한 마음을 모두 덮고 나면 그제야 비로소 움직일 힘이 난다. 그럼, 그 힘으로 불안한 마음을 치료할 차례다. 새로운 사람을 만나고, 새로운 영감을 얻고, 새로운 영상을 만들고, 새로운 세상에 들어가기 위해 실제로 몸을 움직여 본다.

내가 충분히 강해서 '괜찮아 거품' 없이 몸을 움직일 수 있는 사람이라면 어땠을까? 두려움과 불안함 없이 직관적인 사고와 저돌적인 실행력을 가지고 있는 사람이었다면 달랐을까?

그랬다면 조금 더 성공했을까?

그랬다면 조금 더 행복했을까?

잘 모르겠다. 확실한 것은, 이동수 나의 본질은 흔들림 없이 단단하지 않다는 것이다. '괜찮아 거품'을 쭉쭉 뽑아서 덕지덕지 몸에 붙이고, 내가 좋아하는 말을 스스로에게 퍼부어야 움직일 용기가 생기는 사람이다. 강해지려고 노력하는 약한 사람이다. 아마 그래서 내가 사람들에게 할 수 있는 말도 다 거품 같은 말일지도 모르겠다. 뜬구름 잡는 이야기일지도 모르겠다.

어쩌면 삶에서 중요한 것은, 거품이 아니라, 뜬구름 잡는 두루뭉술한 이야기가 아니라, 거품을 가르고 날카롭게 파고드는 팩트폭격일지도 모른다. 거품 속에 있는 나의 불안함을 계속 때리면서 강해져야 하는 것일지도 모른다. 하지만 나는 그런 두려움과 싸울 용기는 없다. 그렇게 싸우기에 나의 내면은 턱없이 약하다.

그러나 앞으로 나아가고 싶다. 오늘도 '괜찮아 거품'을 덕지 덕지 몸에 바르고, 하고 싶은 일에 도전장을 내민다. 겁이 나도 배짱 있는 모습을, 긴장해도 당당한 모습을 연습한다. 그렇게 거울 속에 나를 보면 불안함은 보이지 않고, 자신 있고 당당한 청년이 보인다. 마음에 든다. 이제 오늘 할 일을 할 수 있을 것 같다.

오늘도 강연이 있다. 대상은 취업에 막막함을 느끼는 나와 같은 지방대 학생들이다. 불확실한 미래에 아마 많이 불안할 것이다. 어떤 이야기를 해줄까? 지방대의 냉혹한 현실을 이야기해 줄까? 도대체 얼마나 열심히 해야 하는지, 세상이 얼마나 호락 호락하지 않은지 이야기해 줄까? 명문대와 피 튀기게 싸워서 어떻게 이길 수 있는지 이야기해 줄까? 원하는 곳에 취업하기 위해서 어떤 무기를 준비해야 할지 따끔하게 이야기해 줄까?

아니다.

내가 아무리 현실을 연설해봐야, 내가 경험한 현실과 그들이 경험할 현실은 다를 텐데 미리 겁을 줄 필요도, 청사진을 그려 줄 필요도 없다. 내가 말해주지 않아도 다가올 것들일 테니까.

그래서 '괜찮아 거품'을 잔뜩 준비했다. 그리고 마음껏 쏘아
줬다. 그래야 그들도 나처럼 움직일 힘을 가질 수 있으니까 말
이다.

저는 휴직왕입니다

나는 지금 두 번째 휴직 중이다. 첫 번째 휴직은 소담이가 태어난 직후였다. 소담이가 태어나기 전, 아내는 네덜란드에서 일을 하고 있었고, 나는 한국에 있었다. 당연히 소담이가 태어나면 한국에서 키울 준비를 하고 있었는데, 출산을 한 달 앞두고 아내는 한국보다 네덜란드에서 아이를 키우고 싶다고 했다.

　"응? 네덜란드?"

　네덜란드라니? 섹스와 마약 그리고 동성애가 생각나는 네덜란드에서 아이를 키울 거란 생각은 한 번도 해본 적이 없었다. 생각해본 적은 없지만, 그렇다고 안 될 것도 없었다.

　"그래? 그럼 그러자! 내가 휴직할게."

큰 고민 없이 그 자리에서 대답했다. 현명한 아내는 분명 충분히 고민하고 제안했을 것이기 때문이다. 조금 급작스러운 것 빼고는 딱히 안 될 이유도 없어서 그 길로 1년 반 동안 육아휴직을 하고 네덜란드에서 살았다.

첫 번째 휴직은 지난 30대를 통틀어 가장 잘한 결정 중 하나였다. 아이가 성장하는 모습을 온전히 봤고, 아이와의 애착 관계도 잘 형성돼, 내 평생 잊지 못할 추억을 만들었다. 그 추억은 유튜브에 남아 있고, 덤으로 유튜브를 시작하면서 영상을 찍고 편집하는 취미를 갖게 되었다. 내 평생 첫 취미였고, 조금 더 발전해서 이제는 특기가 되었다. 누군가는 부캐라고도 한다.

당연히 잃은 것도 있다. 조깅을 하면 건강을 얻는 대신 운동화가 닳아져 버리는 것처럼, 휴직을 하고 시간을 얻은 대신 당연히 마이너스통장에 많은 돈이 쌓였고, 회사에서는 뒤쳐졌다. 하지만 얻은 것에 비하면 잃은 것은 무시할 수 있을 만큼 사소했다. 아무리 운동화가 소중해도 건강과 비할 바는 아닌 것처럼 말이다.

올해 1월 둘째 아들 동하가 태어났다. 이번에는 아내와 함께 육아휴직을 했다. 우리 부부는 둘이 함께 휴직했다. 지금부터 1년간 온 가족이 함께 시간을 보내면서, 우리 인생에서 가장 행복한 시간으로 기억될 거라고 이야기한다. 이게 내가 육아휴직을 한 이유다. 두 번째 휴직은 앞으로 40대를 통틀어 가장 잘한 결정 중 하나라고 확신한다.

"저 휴직했어요"라고 말하면 백이면 백, "와… 진짜 부러워요"라고 말한다. "그럼 님도 하세요"라고 말하면, 돌아오는 대답은, "난 돈이 없어." 그럼 난 얼마나 돈이 많을까? 어쩌면 여러분들도 궁금할 수 있는 돈 이야기를 해보자.

우선 나는 정말 천만다행히도 집을 장만했다. 아내와 맞벌이하면서 10년 넘게 많이 아끼고, 재테크도 열심히 하고, 은행의 힘을 많이 빌려 집을 장만했다. 집은 처음 느껴보는 안정감을 주었고, 집이 있다는 사실이 휴직을 결정하는 데 큰 뒷배가 되어준 것은 사실이다. 하지만 꼭 집이 있어야만 휴직을 할 수 있는 것은 아니다.

2017년, 처음 육아휴직을 했을 때 우리는 집이 없었다. 전세 1억 6천만 원짜리 15평 남짓의 작은 빌라에서 살았다. 매달 보증금 9천만 원의 이자를 내야 했지만 맞벌이인 우리에게 큰 부담은 아니었다. 두 번째 육아휴직을 한 지금은 매달 200만 원가량 이자와 원금을 상환해야 한다. 월세를 따박따박 받는 오피스

텔이나 건물 등은 없기 때문에 휴직 기간 동안 고스란히 갚아야 할 돈이다. 그래서 휴직 전 마이너스통장 한도는 빠방하게 채워 두었다. 아파트 관리비, 아이 유치원비, 식비, 보험료, 차량 유지비 등 돈이 나갈 곳은 끝없이 널렸다.

그럼 수입은 없느냐? 다행히도 아이가 둘이면 국가에서 지원해주는 돈이 조금 나온다. 둘 다 육아휴직을 하면 3개월간 약 200만 원씩 주고, 그 뒤부터는 150만 원씩 준다. 그 돈을 다 주는 건 아니고 75%만 주고, 나머지 25%는 복직 후 6개월 후에 소급해 주기도 한다. 세금도 떼지만 그래도 가뭄의 단비 같은 돈이다. 이 돈이 없었다면 아마 휴직하기 어려웠을 것이다.

어떤 분은 "너는 유튜브 수익이 있잖아!"라고 말하지만 지난달 유튜브 조회 수익은 20만 원이 채 되지 않는다. 구독자 8만 명을 보유한 나의 월평균 유튜브 수익은 30만 원 안팎이다. 유튜브에 영상을 처음 올리고 총 4년간 내가 벌어들인 수익의 합은 840만 원에 불과하다. 물론, 첫 육아휴직 때는 유튜브 채널도 없었다. 내가 말하고 싶은 것은, 육아휴직을 할 수 있었던 이유가 '돈'은 아니었다는 것이다.

어떤 선택을 앞두고 의사결정을 할 때, 판단 기준을 돈에 두는 경우가 많다. 물론 돈이 매우 중요하지만, 언제나 돈이 판단의 척도가 되는 것은 아니다. 그럼 무엇을 기준으로 선택할 것인가? 개인별로 기준이 다르고, 상황별로 기준이 변경될 수 있지만, 나의 판단 기준은 '얻을 것과 잃을 것의 우선순위'다. 이 두 가지를 객관적이고 분명하게 정리하면 의외로 답은 간단하게 나온다.

1. '육아휴직을 통해 잃은 것'

첫 번째, 돈이다. 조금 더 구체적으로 말하면 1년 치 연봉이다. 예를 들어 내가 1년에 1억을 번다고 가정해보자. 1년에 1억이면 세금 제하고 7,800만 원 정도 된다. 매달 650만 원이고 하루 20만 원 정도인데, 포기해야 할 돈 치고는 너무 큰돈이다.

그런데 생각을 확장해 조금 다르게 해석할 수도 있다. 내가 포기한 7,800만 원은 1년에 포기한 돈이 아니라 내가 평생 벌 돈에서 7,800만 원을 뺀 것뿐이다. 그러니까 앞으로 20년을 더 일할 건데, 그 평생의 돈에서 7,800만 원 덜 버는 것이다. 물론 크다면 큰돈이지만 대세에 영향을 끼칠 만한 금액은 아니다. 무엇보다 앞으로 20년간 내가 열심히 산다면 얼마든지 만회할 수 있는 비용이다.

두 번째, 커리어다. 회사에서 뒤처진다거나, 책임감 없다는 평판이 따라올 것이다. 당연한 결과다. 내가 오너라면 휴직하는 직원보다 내 회사에 헌신적인 직원을 좋아할 것이다. 하지만 그건 회사의 입장이다. 회사가 아무리 중요해도 개인의 삶보다 우위일 수는 없다. 따라서 이런 결정을 할 때는 회사의 사정보다는 더 중요한 개인의 사정에 초점을 두는 것이 옳다. 내 삶을 위한 결정이 회사에 영향을 끼치는 결정이라면, 피해가 최소화 되도록 인수인계 등 책임을 다하면 된다. 적어도 내 가치관에서는 그렇다.

2. '육아휴직으로 인해 얻는 것'

첫 번째, 가족과의 시간이다. 잠시 상상해보자. 평화로운 오후, 오늘따라 유독 따스한 햇살을 받으면서 아내가 모유 수유를 한다. 차도 한잔 마시고 있다. 나는 방금 장 봐온 신선한 야채를 손질하면서 요리를 하고, 소담이는 혼자 책을 읽으며 맛있는 밥을 기다리고 있다. 창밖에서는 시원한 바람이 분다. 얼마나 이상적인가? 하지만 현실은 다르다. 집은 엉망이고, 소담이는 놀아달라고 보채고, 대충 간단한 요리 하나로 끼니를 때우고, '역시 아이는 잘 때가 제일 이쁘다'며 킥킥대는 하루하루다. 그 순간순간에 톡톡 숨어 있는 보물 같은 즐거움이 있다. 평일 오후에 유모차를 끌고 아내와 함께 산책을 한다든지, 같이 깔깔 웃는다든지, 모두 같이 낮잠을 잔다든지. 아침에 두 시간, 저녁에 두 시간씩 온 가족이 이야기를 한다든지. 돈으로 환산할 수 없는 이 시간의 가치를 굳이 돈으로 환산한다면… 100억?

두 번째, 꿈을 이룰 기회다. 내가 꿈꾸던 것을 해볼 기회다. 아내는 요가 지도자 자격증과 소믈리에 자격증을 따고 싶다고 한다. 나는 격투기나 테니스를 꼭 한번 배우고 싶고, 내 유튜브 사무실을 가져보고 싶다. 가족과 함께 제주도에 내려가서 한 달 정도 살아보고 싶다. 기회가 된다면 어떤 브랜드의 모델도 하고 싶다. 돈도 없고, 시간도 없어서 모두 꿈만 꾸던 것들이다. 그런데 휴직을 하면서 시간이 생겼고, 돈이 많은 내 친구(은행)에게 손을 내밀어 마이너스통장에 5,000만 원도 빌려두었다. 어쩌면 꿈꾸던 일을 이루어 나가는 과정에서 새로운 나를 발견하거나 없던 재능을 찾게 될지도 모른다. 실제로 지난 육아휴직 때, 유튜브를 시작했고, 유튜버라는 부캐가 생겼다.

잃은 것- 돈과 커리어 VS 얻는 것- 가족과의 시간과 꿈을 이룰 기회

육아휴직에 앞서 이 두 가지를 두고 냉정하게 비교해 보았다.

내 가치관의 무게 추는 잃을 것보다 얻을 것 쪽으로 기울었다. 그래서 육아휴직을 결정했다. 결정은 어렵지 않았다. 올바른 선택이었다.

나도 안다. 세상이 내 맘과 같지 않다는 것을. 모든 사람들이 처한 상황은 다르다는 것을. 어떤 사람들은 육아휴직을 너무나 하고 싶지만 엄두조차 내지 못하는 상황일 거고, 어떤 사람들은 육아보다 일이 좋다는 사람들도 있을 거다.

다만, 혹시라도 여러분이 육아휴직을 고민하고 있다면, 혹은 어떤 중요한 선택을 앞두고 있다면 '얻을 것'과 '잃을 것'을 종이에 적어보고 내 가치관의 무게 추가 어디로 기우는지 직접 확인해보길 추천한다. 그래야 어떤 결정을 하든 후회하지 않고 소중한 시간을 제대로 활용할 수 있기 때문이다.

나는 어떤 선택을 할 때 잃을 것보다는 얻을 것에 집중하는 편이다. 취업을 선택한 이유는, 그 시절 가장 필요했던 것이 돈이었기 때문이고, 휴직을 선택한 이유는, 그 시절 가장 필요했던 것이 시간이었기 때문이다.

잃을 것보다는 얻을 것에 집중하다 보면, 내가 할 일들이 명확해진다. 취업을 선택했으면 스펙과 경험들을 쌓아야 한다는 것이 보인다. 휴직을 선택했으면 그 시간을 어떻게 활용해야 할지, 돈을 어디서 절약해야 할지 명확하게 보인다. 그리고 계획을 세우게 된다. 계획이 잘 세워진 휴직이라면 틀림없이 실보다는 득이 더 많을 것이다. 여건이 된다면 아니, 여건을 만들어서라도 육아휴직은 정말 추천한다.

아이는 씨앗이다. 아이가 어떤 나무로 자랄지 부모는 알 수 없다. 미래를 결정해줄 수도 없다. 결정은 전적으로 아이의 몫이다. 부모의 몫은 아이가 땅속에 뿌리를 잘 내려서 스스로의 삶을 살 수 있도록 물도 주고 거름도 주는 것이다. 거름을 듬뿍 받은 아이는 어떻게 자랄지 스스로 결정할 힘을 가진다. 세상의 거름 중 가장 좋은 거름은, 농부의 발거름이란 말이 있다. 아이와 함께 살을 부비면서 발거름을 주는 사이, 아이는 몸과 마음이 건강한 사람으로 자랄 것이다.

나는 소담이와 동하가 그 힘을 기를 수 있도록 열심히 발거름을 줄 계획이다.

네? 알바 할 시간에
자기계발 하라고요?

새벽 5시 30분, 지각이다. 아직은 다들 잠에서 깨지 않을 시간이지만, 인력사무소에서 새벽 5시 30분은 지각이다. 새벽 5시부터 일용직을 구하는 봉고차가 오기 때문이다.

"미장할 줄 아는 사람 세 명이요."

"목수 두 명이요."

인력사무소에서도 선수들을 잘 알고 있어서 오자마자 사람을 선별해서 봉고차에 태운다.

20살이었던 나는 동년배치고는 막노동 경험이 좀 있는 편이었다. 공사장에 땜빵으로 하루 이틀 간 적은 수도 없이 많고, 무엇보다 한 방에서 열 명도 넘게 쪽잠 자면서 합숙 막노동을 한 경험도 있었다. 총신대학교 대학원 기숙사 현장이었는데 내가 기둥 몇 개는 세웠다고나 할까? 이런 나지만, 인력사무소에서 할 줄 아는 기술이 없는 초짜 중의 생초짜였다.

5시 30분쯤이 되면 A급 선수들은 빠지고 나처럼 기술 없는 초짜와 힘을 잘 쓸 수 없는 어르신만 남는다. 6시쯤, 끝물에 운이 좋으면 가끔 초이스가 된다. 무슨 일을 하게 될지는 모르지만 나한테까지 온 일은 아무나 할 수 있는 단순 노동이다.

"6만 원인데 갈 사람?"

인력사무소 소장이 남은 사람을 쓱 보며 물었다.

"제가 갈게요."

조금 적은 금액이었지만 하루를 공칠 수 없으니 손을 들었다. 나를 초이스한 봉고차는 어느 원단공장으로 갔다. 볼품없는 원단공장이었는데 여러 개의 커다란 기계가 쉴 틈 없이 돌았다.

성성성성-

둥둥둥둥-

커다란 기계들이 시끄러운 소리를 내면서 커다란 천을 돌돌 말고 있었는데, 마치 두루마리 휴지처럼 천을 말고 있었다. 다만 엄청나게 큰 천이었다. 기계가 쉴 새 없이 돌돌 말고 있는데, 만약 한쪽이 접히기라도 하면 다시 다 풀어야 하는 대참사가 벌어진다. 나의 역할은 돌돌 말리는 천의 가장자리로 가서 천이 씹히지 않도록 손으로 쫙쫙 펴주는 일이었다. 움직일 필요도 없고, 무거운 것을 들 필요도 없고, 아저씨들에게 욕먹을 일도 없다. 무엇보다 다칠 일도 없었다. 앉아서 손만 움직이면 된다.

'개꿀!'

내가 인력사무소에서 한 일 중 가장 편했다. '전날 술을 마시기도 했거니와 새벽같이 일어나서 피곤한 참에 이런 꿀이 걸리다니.' 그날따라 참 운이 좋은 날이었다고 생각했다. 30분이 지나고 한 시간이 지났다. 슬슬 손도 아프고 앉아 있기도 어려웠다. 오전이 지나자 이제 천에서 나오는 먼지가 힘들었다. 점심을 먹고 오후가 돼서는 졸리기까지 했다. '한번 천 끝이 접히기라도 하면 다시 풀어야 했기에 졸면 안 되는데, 안 되는데, 안 되는데…' 하면서 졸았다.

돌돌돌돌… 기계가 돌아가는 소리와 내 손이 천에 닿으면서 사사사삭…. 너무 졸리면 의자에서 일어나 손을 댔다. 목장갑과 천 사이에서 나오는 먼지를 8시간 동안 먹었다. 하루가 가고 내 손에는 6만 원이 쥐어졌다.

"내일 또 와!"

"…."

아버지도 한평생 막노동을 하셨고, 나도 아버지가 일하는 곳에서 일해 본 경험이 많아서 건설 현장이나 공장에서 일하는 것이 버거운 일은 아니라고 생각했는데, 그날만큼은 이상하게 견디기 어려웠다. 시끄러운 소음과 함께 천이 돌돌 말리는데, 계속 듣고 있다가는 내 머리가 뱅뱅 돌 것 같기도 했고, 내 인생이 돌돌 말려버릴 것 같다는 생각이 들었다.

그날이 내 삶에서 인력사무소를 간 마지막 날이었다. 그 일을 계기로 정신 차리고 공부해서 좋은 경험이 되었으면 좋겠지만, 아쉽게도 그런 스토리는 없었다. 좀 더 쉬운 알바를 찾은 정도였다. 하지만 학을 떼면서 싫었던 기억, 몸 쓰는 일을 할지언정 단순 노동만큼은 절대 할 수 없다는 다짐이 기억난다. 그리고 어렴풋이 생각했던 것 같다. '인력사무소 소장은 아무것도 안 하고 새벽에 사람 소개만 시켜주고 10%를 가지고 가네…' 예나 지금이나 돈은 플랫폼을 가진 자가 다 가져가고 노동자는 노동을 할 뿐인가 보다.

그 뒤로 5년이 흘러 군대 전역 후 마음잡고 공부를 했다. 힘들 때면 원단공장 가서 평생 의자에 앉아 롤을 말다가 그저 그런 삶을 사는 생각을 했다. 정신이 번쩍 들었다. 정말 다시는 가고 싶지 않은 곳이었다.

많은 사람들이 말한다. '굳이 젊은 나이에 뻘짓으로 시간을 허비하지 마라. 최저 임금에 너를 팔지 마라. 그 시간에 열심히 공부하고 스펙 쌓아서 좋은 직업을 갖는 게 무조건 이득이다.' 그런데 내 경우는 꼭 그렇지 않았다. 한 살이라도 어릴 때 힘든 걸 경험하니 그게 얼마나 힘든지 알게 되었고, 그 경험은 앞으로 힘든 상황이 왔을 때 극복할 수 있는 내성을 만들어줬다.

정답은 없다. 모두가 다른 선택을 한다. 어떤 선택을 하느냐도 중요하지만, 좀 더 중요한 것은 선택을 통해서 배워야 한다는 것이다. 경험으로 배우든, 책이나 부모님께 배우든, 아니면 친구에게 배우든 방법은 상관없다. 조금씩 배우고 조금씩 발전해야 한다. 과거에 그대로 머물러 있는 것처럼 재미없는 인생이 어디있으랴. 재미있는 인생을 살기 위해서는 자극이 필요하고 그 경험을 통해서 조금씩 나아가고 있는 나를 발견해야 한다.

3부

찌질하지만
열심히 살았다고요

김밥천국 사장님,
제가 잘못했습니다

정말 더럽게도 찌질했다.

찌질함을 증명하는 부끄러운 에피소드는 넘쳐나는데, 그중에 대학생 때 찌질했던 이야기를 고백해볼까 한다.

25살, 자퇴한 학교에 재입학했을 때의 일이다. 20살에 독립해서 스스로 돈을 벌었던 나는 알바를 하면서 돈 걱정 없이 살다가 군대를 다녀왔다. 그나마 다행인 것은 군 시절 이라크파병으로 1,200만 원을 벌고 전역했다. 그런데 3년간 지방에서 학교를 다니는 동안, 학비를 내고, 방세를 내고, 밥을 먹기에는 돈이 부족했다. 무엇보다 교환학생으로 미국에 가고 싶었다. 그렇다고 아르바이트를 하면서 돈을 벌고 싶지는 않았다. 가뜩이나 머리도 나쁘고, 들어야 할 수업도 많고, 교환학생 준비도 해야 하는데 아르바이트를 할 시간이 없었다. 그래서 무조건 아껴야 한다고 생각했다. 아니, 아껴야 하는 현실에 있었다.

우선, 교환학생으로 들어갈 비용을 제외하고 목돈이 들어가는 순으로 정렬하면 학비, 월세, 식비 순이었다. 학비는 한 한기에 300만 원이 넘는 돈이었는데, 한 학기 동안 어설프게 아르바이트를 하느니 장학금을 타는 게 훨씬 이득이라 생각해 무조건 장학금을 사수하기로 했다. 다행히 엉덩이 힘으로 전 학기 장학금을 받아 학비를 충당할 수 있었다. 매번 전액 장학금을 받은 것은 아니었다. 반액을 받을 때도 있었는데, 그때마다 마치 내 돈을 빼앗긴 것 같았다. 나에게 돈은 시간이었고, 산술적으로 계산했을 때 빼앗긴 돈을 아르바이트로 메꾸려면 몇 달은 고생해야 하는 돈이었기에 악착같이 매달렸다. 아르바이트를 하지 않을 시간을 벌기 위해서였다.

두 번째는 월세였다. 비교적 목돈이었기에 가장 싼 원룸을 구해서 룸메이트와 함께 살았고, 그 뒤로는 학교 근처의 지인 집에 얹혀 살면서 스쿠터로 통학했다. 나중에는 외국인 기숙사에 들어가서 기숙사 학생대표(?) 비슷한 일을 하면서 월 몇십만 원씩 받아 해결했다.

여기까지는 좋은데 마지막 식비를 아끼기 위해선 찌질해지는 상황을 피할 수 없었다. 대학에서 가장 싸게 먹을 수 있는 곳은 학교 식당이었다. 여러 개의 회사가 들어와서 다양한 메뉴를 선택하는 게 아닌 단일 메뉴를 식판에 먹는 급식 체계였는데, 나는 그 시스템이 좋았다. 내 마음껏 밥과 김치를 퍼 담을 수 있었기 때문이다.

매일 저녁 학식을 먹었다. 하얀색 식판을 오른손에 들고, 수저와 젓가락을 식판 맨 오른쪽 기다란 홈에 '촤르륵' 놓고 한 손으로 식판을 들고, 한 손으로는 밥과 김치를 담았다. 커다란 주걱으로 밥을 두세 번 뒤적이고 한 번 크게 담은 후 식판에 고루 편다. 커다란 고봉밥에 걸맞게 고봉 김치를 쌓고 메인 반찬을 받으러 배식대로 간다.

"안녕하세요!"

인사는 절대 잊지 않는다. 그다음은 "많이 주세요"라고 말할 차례다. 이모님들은 대부분 한 번 더 퍼주시면서 "부족하면 또 와요"라고 말씀하셨고, 나는 "감사합니다"라고 화답했다. 배가 덜 부른 날은 빈 식판을 가지고 가서 "죄송한데 혹시 조금 더 주실 수 있나요?"라고 물었고, 그때마다 이모님들은 넉넉하게 퍼주셨다. 다 먹은 후 식기를 반납하며 "잘 먹었습니다"라는 말도 잊지 않았다.

'학식 요정'이었던 나에게는 몇 가지 규칙이 있었는데, 첫 번째는 사람이 붐비는 시간에는 가지 않는다. 줄을 서야 할 뿐만 아니라, 아는 사람을 마주치는 것도 불편했고, 무엇보다 뒤에 줄이 길게 늘어서 있는데 더 달라고 하기도, 다 먹고 한 번 더 달라고 할 때도 민망했기 때문이다. 아무도 없는 거의 점심시간이 끝날 무렵에 가면 창가 쪽 자리를 맡고 여유롭게 밥을 많이 먹을 수 있었다. 당연히 학식당 이모님들은 모두 나를 아셨다. 나도 이모님들을 다 알았다.

어느 날 새로운 이모님이 오셔서 배식을 해주고 계셨는데, 내가 식판을 들고 가자 "이 학생은 많이 줘야 해"라며 더 담아주셨다. 새로 오신 이모님에게 제대로 인수인계를 해주신 셈이다. 나는 그게 좋았다.

아침과 점심은 주로 김밥이다. 도서관 매점에 가면 계산대에 김밥이 수두룩하게 쌓여 있다. 공장에서 김밥 한 줄씩 은박지로 둘둘 말아서 하루 두 번 매점에 납품을 했다. 매점의 김밥은 참치김밥과 일반 김밥 두 종류였지만 나에게는 한 종류나 다름없었다. 참치김밥을 사 먹을 여유는 없었다. 1층 매점에서 천 원짜리 김밥을 사서 그 자리에서 깐다. 그리고 잠시 밖으로 나와 밖을 보며 한 줄을 해치우면서 5분 정도 여유를 느낀다. 나쁘지 않았다. 김밥은 싸고 빠르고 간단했다. 물리지도 않았다. 물려도 상관없다. 어차피 밥은 영양소 보충용이니까. 그렇게 2년간 김밥을 먹었다. 가끔씩 김밥천국에 갔다. 거기 김밥은 1,500원이다. 그렇지만 반찬을 무한대로 먹을 수 있다.

"안녕하세요!"

김밥천국 이모님도 나를 아셨다. 아는 척은 안 하셨지만 눈빛으로 알 수 있었다. 어쩌면 항상 사람이 없는 시간에 와서, 늘 살갑게 인사를 해서 아셨을 수도 있지만, 가장 유력한 것은 진상이었기 때문이다.

"김밥 한 줄 주세요. 먹고 갈게요!"

이모님이 김밥을 말 때 난 접시에 반찬을 담는다. 어묵, 브로콜리, 도토리묵, 콩자반, 시금치, 콩나물무침 그리고 운 좋은 날은 계란말이. 따끈한 우동 국물도 놓치지 않는다. 내 몸에 부족할 것 같은 반찬을 접시에 가득 담고 흡입한다. 얼른 한 접시 먹고 그날따라 더 맛있는 반찬 위주로 한 번 더 퍼서 입에 구겨 넣는다.

나에게 김밥천국의 반찬은 밥이었다. 뷔페 식당에서 손님이 아무리 먹어도 남는 장사라고 하지만, 나는 분명 김밥천국에서 재료 원가보다 훨씬 더 많이 먹었다. 명백한 진상이었다. 눈치가 보이지만 눈치가 보이지 않는 척했다. 학생이 돈이 어디 있어? 대학생이라는 명목으로 스스로 합리화하려고 노력했지만 잘되지 않았다. 부끄럽지만 부끄럽지 않으려고 노력했다.

그렇게 반찬을 밥 삼아서 배를 채웠다. 반찬 그릇은 소가 핥은 것처럼 깨끗했다. 그런데 진작에 나온 김밥은 그대로다. 김밥을 계산대로 들고 가서 1,500원을 내면서 최대한 아무렇지 않은 목소리로 말했다.

"죄송한데, 이거 좀 싸주실 수 있으세요?"

개진상.

그 시절 나는 지독했다. 언제나 밥은 혼자 먹었다. 열 끼 중 아홉 끼? 아니다. 그냥 맨날 혼자 먹었다. 혼자 먹는 이유는 몇 가지가 있는데, 첫째는 친구가 많지 않았다. 둘째는 시간이 아까웠다. 내가 밥을 먹는 목적은 철저히 영양소 보충이었기 때문에 배가 고프거나 공부가 안 되는 시간에 먹는 게 가장 합리적이었다. 누군가와 같이 밥을 먹기 위해서는 그 사람에게 맞추어야 했고 나는 그게 불편했다. 그 시절 나에게는 그럴 만한 여유가 없었다. 식사의 즐거움? 친구와의 대화? 친목 도모? 그런 건 필요 없었다. 필요한 것은 딱 두 가지, '빨리' 그리고 '많이'였다. 마지막으로 밥을 혼자 먹었던 이유는 메뉴였다. 나도 사람인지라 조별 과제를 할 때는 함께 밥을 먹어야 했는데, 그럴 때면 꼭 학식이 아니라 외부 식당에서 먹었다. 단가가 최소 4천 원부터 시작이다.

메뉴를 고를 때 나는 보통 메뉴판에서 가장 위에 있는 메뉴를 시켰다. 대부분 맨 위에 메뉴가 가장 싼 메뉴다. 중국집 메뉴판을 봐도 맨 위에는 일반 짜장이고, 김밥천국도 맨 위는 1,500원짜리 일반 김밥이다(예전엔 1,000원이었는데).

"나는 불고기 백반!"

"나는 꼬리곰탕!"

다른 애들은 메뉴를 보고 음식을 주문하는 것 같았지만 나는 가격을 보고 주문했다.

"나는 백반!"

그리고 스스로 위안했다. 나는 가장 싼 메뉴를 고른 게 아니라, 대표 메뉴를 고른 것이라고. 그리고 열심히 반찬을 먹었다. 얼른 먹고 한 번 더 먹었다. 외식할 기회는 많지 않았다.

분명한 건 그 시절 나는 찌질했다. 그렇다고 부끄럽지는 않았다. 목표가 있었기 때문이다. 목표가 없는 것보단 돈이 없는 편이 좋았다. 게을러서 돈을 벌지 않은 게 아니라, 시간을 벌기 위해 돈을 벌지 않았기 때문에 꿀릴 것도 없었다. 나의 찌질함은 잠시일 것이라는 확신이 있었다. 그래서 버틸 수 있었다.

며칠 전 몇 안 되는 대학 동기를 만난 적이 있다. 그 시절 함께 공부했던, 가끔 밥을 같이 먹었던 친구였다. 이제는 둘 다 어른이 되어 각자 아이도 둘이나 있고 제법 잘 살고 있다. 오랜만에 그 친구와 밥을 먹는데 대학 시절의 기억을 들췄다.

"야, 너 잘되서 참 좋다."

친구가 말했다. 너 돈 없는 거 애들도 다 알고 있었다고. 우리랑 같이 식당 가는 거 돈 없어서 부담스러워 했던 것도 안다고. 가끔 가더라도 제일 싼 거 시켰던 거 안다고. 그래서 같이 밥 먹으러 가자고 말도 못 걸었다고. 그게 안쓰러웠다고.

그리고 김밥천국에서 반찬 겁나게 퍼먹고 맨날 더 달라고 했던 것도 기억이 난단다. 내 기억 속에 나는 혼자 가서 김밥을 시키고 반찬을 먹었다고 알고 있었는데 아니란다. 자기들이랑 가끔 김밥천국에 가도 나는 김밥만 한 줄 시켰다고 한다. 배가 별로 고프지 않다며 반찬 계속 퍼먹었던 게 기억이 난단다.

"하하하하하."

찌질이 시절을 이야기하며 한껏 웃었다.

2008년, 나는 미국으로 그 친구는 중국으로 교환학생을 갔다. 출국 며칠 전쯤 친구가 갑자기 자기 집에 놀러오라고 했다. 별일 없이 집에서 밥 한 끼 먹고 산책하고 헤어졌었다. 나에겐 대수롭지 않은 기억이었는데 친구가 속내를 말했다. 중국 가기 전에 나에게 따뜻한 집밥 한번 먹여주고 싶었단다. 그래서 엄마한테 말해서 밥을 차려달라고 했다고. 그리고 고맙다고 했다. 찌질한 상황에서 악착같이 노력하는 내 모습을 보면서 자기의 대학 생활이 바뀌었다고 했다. 중국에서 힘들 때도 많이 생각났단다. 지금까지도 그게 고맙다고 한다.

그 시절, 나는 찌질했지만, 찌질하지 않았다.

유치하게도 지금의 나는 그 시절 찌질했던 내가 자랑스럽다.

불 꺼진 김에
키스했습니다

미국에 '아칸소'라는 주가 있다. 빌 클링턴의 고향이란 것 외에 유명한 것이 없는 시골이다. 대학 시절 아칸소주립대학교에서 1년간 교환학생으로 공부할 기회가 있었다. 내 인생의 전환점이 되었던 곳이다.

교환학생에 합격하기까지 참 힘들었다. 토익 230점이었던 2학년 2학기, 기초 없이 토플을 공부하면서 1년 반 동안 내가 했던 노력은 내 삶에서 가장 특별한 노력이었다. 교환학생을 가기 위해서는 토플 점수가 필요했는데 시험 응시료가 비쌌다. 그리고 신용카드로 결제해야 했다. 룸메이트 부모님 카드를 빌려서 24만 원 정도를 결제했다. 한 달치 생활비다. 그 돈을 친구에게 이체하면서 반드시 한 방에 점수를 따내고 싶었다. 내 생의 처음이자 마지막 토플 시험. 내 목표 점수는 70점이었는데, 그 점수면 내가 원하던 미네소타대학교에 갈 수 있었다.

시험 점수 발표 날, 매일 가던 도서관 1층에서 점수를 확인했다. 어쩌면 70점을 넘을 수도 있겠다는 생각이 들었다. 만약 점수가 70점이 넘으면 도서관에서 모두가 다 들을 수 있도록 "여러분, 해냈습니다!"라고 미친놈처럼 고함치고 지긋지긋한 도서관 생활을 정리하고 싶었다. 조금 또라이 같지만, 그렇게라도 하고 싶었다.

토플 사이트에 접속했다. 토플은 총 4과목으로 구성된다. 리딩, 스피킹, 라이팅 그리고 리스닝 각각 30점 만점으로 총 120점이 만점이다. 손바닥으로 점수가 나오는 화면을 가렸다. 왼쪽에서부터 하나하나 점수를 확인했다. 총 4과목 중 첫 번째로 확인한 과목은 리딩이다. 토플 시험을 보면서 가장 잘 봤다고 느꼈던 과목이다. 리딩만 잘 보면 70점을 받을 수도 있었다. 떨리는 손으로 뒷자리 숫자를 아주 조금씩 확인했다. 마치 타짜에서 카드패를 보듯 조금씩 조금씩 손가락을 움직였다. 끝자리가 울퉁불퉁했다.

'3 아니면 8이다?'

3이길 바랐다. 정말 운 좋으면 23점 정도 나올 거라고 생각했는데 진짜 23점이 나오는 건가….

젠장, 8이다. 끝자리가 8이라니. 설마 8점일 리는 없고 28점일 가능성은 더더욱 없었다. 그래도 18점이면 선방이다. 그다음 스피킹 점수를 확인하려고 손바닥을 옮겼는데,

'오 마이 갓김치, 리딩 28점!'

심장이 미친 듯이 뛰었다. 28점이라고? 모의시험을 수십 번 봤어도 20점을 넘긴 적이 없었다. 기적이다. 기적이 일어났다. 가장 잘 봤다고 생각했는데 이렇게까지 잘 봤을 줄이야.

'와! 미쳤다. 이런 기적이 나한테도 일어나는구나.'

이어서 확인한 스피킹 14점, 라이팅 17점. 딱 모의고사 평균 점수로 예상했던 결과였다. 세 개의 점수를 머릿속으로 계산해 보았다. 59점.

두근두근….

아무래도 70점이 넘을 것 같았다. 마지막 과목은 평소에 내가 제일 잘했지만, 막상 시험에서는 가장 어렵게 느꼈던 리스닝이다.

두구두구두구….

'10점.'

'엥?'

'합계 69점?'

비록 목표했던 70점을 얻지는 못했지만, 교환학생을 가기에는 충분한 점수였기에 기쁜 건 매한가지였다. 작은 노력으로 얻은 작은 성공이 아닌, 큰 노력으로 얻은 큰 성공이었다. 그때 먹먹했던 감정이 아직도 생생하다.

교환학생으로 가기 전 마지막 4학년 1학기는 일을 하면서 돈을 모으고 그간 못했던 대학 활동을 찐하게 했다. 외국인 기숙사 학생대표를 하면서 한 달에 30만 원씩 받았고, 교내 장학 프로그램이 있어서 매달 20만 원씩 받는 돈이 있었다. 대통령 영어 봉사활동 'talk'라는 프로그램을 하면서 원어민과 함께 초등학교 영어를 가르치며 약간의 활동비도 받았다.

주 2회는 중학교에서 방과후 활동을 하면서 영어를 가르쳤고, 근처 아파트에 벽보를 붙여 태어나서 처음으로 과외라는 것도 해봤다(한 달 만에 짤렸지만). 차상위계층이었던 나는 다행히 미래에셋 장학생으로 뽑혀서 1,200만 원을 지원받았다. 결국, 내 수중의 돈은 1,500만 원 남짓이었다. 그 돈으로 비행기값을 냈다. 인천에서 미국까지 80만 원이 약간 넘는 돈이었다. 왜 이

렇게 싸냐고? 세 번 환승을 했기 때문이다. 인천에서 상해로 가서 10시간 넘게 대기한 다음 시애틀까지 가서 한 번 더 환승하는 비행기로 옮겼다.

기숙사에는 들어가지 않았다. 한국은 기숙사가 가장 저렴하게 살 수 있는 수단이었지만, 미국은 오프캠퍼스에서 친구와 함께 방을 얻어서 지내는 것이 훨씬 더 쌌다(아마 내가 시골이라서 더 그랬을지도 모른다).

한국에서 외국인 기숙사에 살던 시절, 아칸소주립대학교에서 온 엠마라는 여자 사람 친구가 있었는데, 내가 아칸소로 가는 시기에 엠마도 아칸소로 돌아왔다. 엠마는 자기 여동생과 함께 셋이 살자고 제안했고, 나는 처음에는 살짝 의아해했지만 제안에 응했다. 첫째로 그 편이 훨씬 저렴했기 때문이고, 둘째는 마당 있는 미국식 집에 살아보고 싶었다. 그렇게 해서 월 70만 원정도로 잠자리를 해결할 수 있었다(비록 자매와 같은 집에 살았지만 여러분이 기대하는 이상한 일은 벌어지지 않았다).

어렵사리 입국한 미국이었다. 한국에 돌아가는 날까지 한국말을 단 한 마디도 하지 않겠다고 다짐했다. 한국인 친구도 사귀지 않기로 마음먹었다. 그렇게 필사적으로 교환학생 생활이 시작되었다.

한국 생활과 크게 다를 바 없었다. 아침에 일어나서 도서관에 가고, 수업을 들었다. 한국인과는 철저히 거리를 둔 채 미국인 친구들의 파티에 초대되기도 했고, 나와 같은 인터내셔널 학생들과 어울리기도 했다. 룸메이트가 미국인들이라 미국 문화를 접할 기회가 많았다. 그렇게 한 학기가 끝나고 나는 'All A' 성적표를 받았다. 그리고 영어로 꿈을 꾸기 시작했다.

그 무렵 정규 수업이 아닌 6~8명 규모의 작은 커뮤니케이션 수업을 들었다. 퇴직한 교수님이 나 같은 인터내셔널 학생들을 대상으로 미국 생활의 꿀팁도 알려주고 여러 가지 주제에 대해 토론하는 프로그램이었다. 기억을 더듬어 보자면 교수님의 이름은 Bob이었다. 밥, 어감도 어찌나 좋은지. 밥 선생님은 좋은 분이셨고, 같이 수업을 듣는 학생들도 좋았다. 함께 수업을 듣는 친구들은 브라질, 일본, 중국 그리고 우즈베키스탄 등 출신이 다양했다. 각기 다른 나라의 친구들과 그 나라의 문화를 배우는 것은 새로운 경험이었다.

수업이 두 번 정도 남았을 무렵 별 생각 없이 교실에 들어갔다. 조금 일찍 교실로 들어갔는데, 그곳에 한 여학생이 눈에 띄었다. 넓은 이마에 작은 키, 통통한 볼이 귀여웠던 그 학생은 딱 봐도 한국 사람이었다. 그녀는 보라색도 아니고 갈색도 아닌 아무튼 예쁜 색 원피스를 입고 있었다. 원피스에는 하트 모양으로 장식도 달려 있었다.

'누구지? 처음 보는데?'

미국에 와서 처음으로 한국 사람에게 말을 걸었다.

"Hey!"

그녀도 답했다.

"Hi!"

'어? 뭐지?' 왠지 모르게 두근거렸다.

나는 그녀에게 수업에 처음 들어온 거냐고 물었고, 그녀는 이 수업을 한 학기 내내 들었다고 했다. 나는 그녀에게 아마 너가 헷갈린 것 같다며 지금은 밥 선생님 수업이라고 말했다. 그녀는 밥 선생님 수업인 거 알고 있고, 수업 시간을 헷갈린 건 나라고 했다. 그즈음 밥 선생님이 들어왔고, 선생님은 내가 수업 시간을 두 시간 일찍 왔다고 했다. 어쩔 수 없이 선생님께 오늘은 이 시간에 듣고 싶다고 했고, 선생님은 마음대로 하라고 했다.

그날 수업의 주제는 잘 기억나지 않지만 즐거웠다. 그녀는 나보다 훨씬 어려보였다. 영어도 잘했고 가치관도 나랑 비슷한 것 같았다. 또 그녀를 보고 싶었다. 오랜만에 느껴보는 설렘이었다.

수업이 끝나고 밥 선생님을 찾았다. 수업 시간을 지금 시간으로 바꾸고 싶다고 물었다. 밥 선생님은 수업이 한 번밖에 남지 않았지만 원한다면 그렇게 하라고 했다. 그리고 그녀를 한 번 더 볼 수 있는 기회를 얻었다.

그다음 주, 마지막 수업이었다.

나는 가지고 있는 옷 중에서 그나마 멋있다고 생각하는 옷을 입었다. 양치질도 꼼꼼히 했다. 수업에 조금 더 빨리 가서 자리를 잡았고 얼마 후 그녀가 들어왔다. 두 자리 떨어진 곳에 그녀가 앉았다.

"어? 또 잘못 왔네?"

그녀가 물었다.

"아, 지금 시간이 더 좋아서 바꿨어!"

그날 수업의 주제는 꿈이었고 우리는 어린 시절 꿈과 현재의 꿈 그리고 미국에 있는 동안 하고 싶은 것들에 대해서 이야기를 했다. 그녀는 중학교 때 너무나도 외고에 가고 싶어서 새벽에 일어나 스스로 영어 공부를 했다고 했다. 나는 어처구니가 없었다. '중학생이 그렇게 단단한 목표를 가질 수도 있구나'라는 사실에 한 방 얻어 맞은 것 같았다. 나는 25살에 처음으로 노력했지만, 그녀는 나보다 10년 어린 15살에 같은 노력을 했던 것이다. 나는 완전히 반했다. 수업이 끝나고 밥 선생님과 다른 친구들에게 인사했다. 그리고 그녀에게 페이스북 아이디를 물었다. 수업은 끝이 났지만, 인연을 끝내고 싶지 않았다.

다음 날, 도서관에 있는 컴퓨터로 페이스북 사이트에 들어갔다. 나는 핸드폰이 없어, 유일한 연락 방법은 페이스북 메신저였다. 마침 그녀도 접속해 있었다. 1997년 개봉한 한석규, 전도연 주연의 〈접속〉 이라는 영화처럼 우리는 채팅으로 대화를 시작했다. 그리고 그녀에 대해서 조금 더 알게 되었다. 그녀도 나처럼 최대한 한국사람을 피해 다닌다고 했다. 한국말 대신 영어를 많이 쓰기 위해서 필사적으로 노력하고 있다고 했다. 기숙사도 한국학생이 없는 미국인들 기숙사로 옮겼다고 했다. 마음이 잘 맞는다고 생각했다. 그녀는 나와 닮았다고 생각해서인지 조금 더 호감이 갔다.

"그럼 방학에 같이 공부할래?"

나는 용기를 내서 물었다. 그녀는 한국으로 돌아갈지도 모른다고 답했다. 왜냐고 물으니, 1학기 교환학생이라서 연장을 할지, 아니면 한국으로 돌아갈지 아직 정하지 못했다고 했다. 나는 당연히 연장해야 하는 거 아니냐고 따졌다. 어렵게 온 미국에서 1학기만 보내고 가기에는 너무 짧다고 주장했다. 그녀는 잘 모르겠다고 했다.

일주일 뒤, 그녀가 한 학기 더 연장하기로 했다고 연락이 왔다. 나는 잘됐다고 생각했고 함께 공부하자고 했다. 그녀도 좋다고 했다.

"그럼 언제 할까?"

내가 묻자 그녀는 아무 때나 상관없다고 했다.

"그럼 일주일에 몇 번 할까?"

내가 묻자 그녀는 몇 번 하는 게 좋으냐고 물었다.

"월화수목금토일"이라고 답했고, 그녀는 좋다고 했다.

2개월이 흘렀다. 우리는 그동안 매일 만나서 하루 1~2시간씩 함께 공부했다. 그 사이 우린 서로의 추억에 대해서 이야기하기도 했고, 좋아하는 음식과 취미 그리고 생각을 나누기도 했다. 서로 조금씩 호감을 가지기 시작했다. 아니, 나는 첫눈에 반했고 조금씩 다가가는 나를 그녀도 막지 않았다.

3월 16일. 우리 둘은 법학과 건물의 빈 강의실에서 공부하고 있었다. 한적한 빈 강의실에서 공부하면 둘이 이야기를 할 수 있어서 좋았다. 강의실 불은 센서등이었는데 가끔 한 번씩 불이 꺼지기도 했다. 그럴 땐 자리에서 일어나 움직여주면 다시 켜졌다. 오후가 되어 청소하시는 분이 들어오셨다. 가볍게 농담을 주고받았는데, 내일이 'St Patrick's Day'라고 했다. 그게 뭐냐고 묻자 녹색 옷을 입거나 몸에 녹색 물건 하나 지니고 술 마시는 날이라고 했다. 우린 웃었다. 아저씨는 나가면서 두 가지를 당부했다. 내일 꼭 녹색 물건을 지니라고, 30분에 한 번씩 센서 불이 꺼지니 한 번씩 일어나서 움직이라고 말했다.

그렇게 아저씨가 나간 후 30분 뒤.

이유는 기억나지 않지만 우리는 가위바위보를 하고 있었다. 진 사람이 딱밤 맞기였다.

"가위바위보!"

내가 이겼다. 그녀는 맞지 않으려고 웃으며 이마를 손으로 막았다. 나는 그녀의 손을 잡았다. 많이 두근거렸지만 아무렇지 않은 척했다. 이마를 대라며, 손을 내리라며 옥신각신했다. 자꾸 피하는 그녀의 두 손을 잡았다. 그리고 한 대 때리려고 하는데 무서웠는지 내 손을 꼭 잡았다. 그리고 눈을 질끈 감았다.

"딱!"

갑자기 불이 꺼졌다. 30분 동안 움직이지 않아서 센서등이 꺼졌나 보다. 강의실이 어두워졌다. 나는 자리에서 일어나 몸을 움직여 센서등을 켜는 대신 그녀에게 입을 맞췄다. 그리고 강의실을 나오면서 우리는 두 손을 꼭 잡았다.

5년 뒤, 우리는 결혼을 했다. 지금 돌이켜보면 참 재미있다.

만약 내가 토플 1점만 더 맞아서 70점으로 미네소타대학교로 갔다면 내가 그녀를 만날 수 있었을까?

만약 내가 수업 시간을 헷갈리지 않았다면?

그녀가 한 학기 교환학생을 연장하지 않았다면?

아니, 그 사이에 수많은 복선들이 연결되어 있지 않았다면 우리는 만나지 못했을 거다. 모두가 그랬듯 우연의 우연이 겹쳐서 우리는 처음 만났다. 하지만 처음 만나는 사람들 속에서 인연을 찾는 일은 우연만으로는 해결되지 않는다.

나에게 있어서 인연을 찾는 일은, 나와 어딘가 닮은 사람을 찾아내는 일이었다. 내가 만약 노력해보지 않았다면 그녀가 중학교 때 했던 노력이 얼마나 멋있는지 몰랐을 것이고, 우리는 스쳐 지나갔을지도 모른다. 내가 필사적인 교환학생 시절을 보내지 않았다면, 그녀의 필사적인 노력도 보이지 않았을지도 모른다.

결혼 후 우리는 많은 날들을 웃었고, 많은 날들을 다투었고, 많은 날들이 행복했다. 서로 다른 환경에서 자란 우리는 닮은 점이 있었고, 점점 더 닮아가고 있다. 두 아이도 어쩜 그리 엄마 아빠를 똑 닮았는지….

인연이다. 노력이 만들어낸 인연이다.

불행한 과거가
나를 단단하게 했습니다

나는 어린 시절을 어떻게 기억하고 있는가? 비슷비슷한 시절의 기억들이 떠올라서 무엇이 가장 어린 시절의 나인지는 모르겠지만 6살 즈음이었던 것 같다. 나는 8살까지 광교에 살았다. 지금의 광교 신도시와는 아무런 관계가 없는, 한 시간에 버스가한 대 오는 광교산 종점의 인적 드문 상광교동이라는 곳 이었다. 유치원을 가려면 버스를 타야 했다. 그 시절에는 학생 대비학교 수가 적어서 오전반과 오후반이 있었다. 형과 같은 오전반일 때는 함께 버스를 탔지만, 오전, 오후반이 엇갈릴 때는 7살이었던 나는 혼자 버스를 타야 했다.

다행히 버스에 '안내양'이라고 하는 누나들이 있었던 시절이다. 안내양 누나들은 사람들이 타고 내릴 때 문을 잡아주고 승객을 도와주는 역할을 했다. 동년배의 사람들에게 버스 안내양에 대해 이야기하면, "뻥치네! 나랑 같은 나이인데 무슨 안내양이야!"라고 말하지만, 아마 유치원 때부터 버스를 혼자 타고 다니지 않아서 모를 수도 있다. 나도 엄마랑 같이 버스를 타고 다녔다면, 엄마를 따라다니느라 안내양의 존재를 몰랐을지도 모른다.

혼자 버스를 타야 했던 나는 내가 언제 내려야 하는지 알려주는 안내양 누나가 꼭 필요했다. 나는 종점에 살았기 때문에 항상 안내양 누나 바로 옆, 그러니까 내리는 문 바로 앞에 앉았다. 나한테 말도 걸어주며 상냥했던 기억이 난다. 7살짜리 꼬맹이가 노란색 유치원 가방을 메고 버스에 타는데 어떻게 안 귀여울 수 있겠나!

버스에서 내려 학교까지 걸었다. 광교산 초입에 있는 창룡초등학교의 병설유치원 달님반이었다. 버스 정류장에 내려서 조금 걷다가 높은 언덕을 하나 넘으면 학교 입구가 나왔다. 입구에는 고학년 형들 혹은 선생님이 계셨는데, 입구를 통과하기 위해서는 길가에 버려진 쓰레기 3~5개씩 주워서 보여줘야 했다. 입구를 지날 무렵 애국가가 흘러나오면 모든 동작을 멈추고 '국기에 대한 경례'를 해야 했다. 태극기가 보이는 쪽으로 몸을 돌리고 가슴에 손을 얹고 '국기에 대한 맹세'를 읊는다. '나는 자랑스러운 태극기 앞에, 조국과 민족의 무궁한 영광을 위하여, 몸과 마음을 바쳐 충성을 다할 것을 굳게 다짐합니다.'

지금은 어처구니없지만 그 시절 모든 학생들은 '국기에 대한 맹세'를 외우고 자동으로 말해야 했다. 30년이 넘게 지난 지금, 갑자기 생각난 '국기에 대한 맹세'의 전문이 자동으로 입에서 나오는 걸 보면 부단히도 많이 했던 모양이다.

엄마 없이 유치원에 가야 했던 이유는 엄마가 바빴기 때문이다. 우리 엄마는 시골에서 이 일, 저 일을 많이 해서 별명이 슈퍼우먼이었다고 한다. 이웃이 빌려준 조그마한 텃밭에서 농사를 지으시면서 개울 보수 작업 같은 막노동도 하시고 동네에서 돈이 될 만한 일은 다 하셨다고 한다.

그중 가장 기억에 남는 일은 납땜이다. 엄마는 부업으로 납땜을 하셨다. 집에 들어가면 초록색 회로판과 알 수 없는 동그랗고 뾰족뾰족한 칩 같은 것이 비닐봉지에 수두룩하게 쌓여 있었다. 초록색 회로판에는 핀셋이 들어갈 만한 구멍이 수십 개씩 뚫려 있었고, 모든 칩에는 핀셋같이 두 가닥이 길게 나와 있었다. 엄마는 회로판에 뾰족뾰족한 칩을 숙숙 꽂고 튀어나온 부분을 니퍼로 잘랐다. 그러고는 납을 가져다 대고 인두로 지졌다. 그렇게 회로판 하나에 여러 개의 칩을 다 납으로 붙이면 한 개가 완성되었다. 엄마는 끝없이 일을 하셨다.

나는 놀아줄 사람이 없어서 그랬는지, 아니면 그게 재미있어 보였는지, 아니면 어린 마음에 엄마를 돕고 싶었는지 가끔 회로판에 칩을 꽂는 역할을 했다. 꽤나 재미있던 것으로 기억하는 걸 보면 아마 레고를 가지고 놀듯 조립하는 재미를 느꼈던 것 같다. 내가 칩을 꽂고 니퍼로 자르면 엄마는 앉아서 납을 대고 인두로 지졌다. 지질 때마다 담배 연기처럼 모락모락 연기가 났다. 그 연기가 멋있어 보여서 인두질도 해본다고 하면, 엄마는 위험해서 내가 만질 수 없다고 했다. 어른인 엄마 손에도 인두로 데인 자국들이 있었기 때문에 나는 아쉽지만 수긍할 수밖에 없었다. 엄마는 그 대신 바닥에 납을 녹여 동그랗게 만들어 주셨다. 나는 그걸 가지고 놀았다.

어느 날 유치원에서 돌아와 보니 엄마가 없다. 납땜을 하다가 납 중독으로 쓰러지셨다고 했다. 쓰러졌다는 것이 어떤 의미인지 그때는 잘 몰랐지만, 어렴풋이 엄마가 불쌍하다는 생각은 했다. 며칠 후 엄마는 퇴원하셨고, 납땜 일은 그만두셨다. 그리고 얼마 후 보험 일을 시작하셨다. 내가 유치원에 다닐 즈음이었다. 집에 9살 형과 7살 나를 두고, 버스를 타고 출근하셨다. 함께 손 잡고 버스 정류장까지 갔던 기억이 난다. 나는 버스를 타고 가는 엄마를 쫓아가며 가지 말라고 울며 소리쳤다고 한다. 엄마는 버스 창문으로 울면서 쫓아오는 나를 보며 많이 우셨다고 한다. 그때 엄마가 얼마나 마음이 아팠는지 지금도 말씀하실 때마다 눈물을 보이신다. 엄마의 레퍼토리다.

어느새 두 명의 자녀가 있는 내가 감정이입을 해보면, 상상이 안 된다. 딸이 가지 말라고 울면서 쫓아오면 나는 백퍼 눈물을 펑펑 흘릴 것이다.

보험을 시작하신 후 엄마는 집에 없었다. 아침에 나가서 늦게 돌아오셨다. 나는 늘 오늘은 일찍 오라고 했고, 엄마는 늘 약속 시간을 지키지 못했다. 그날도 엄마는 늦었다. 엄마가 돌아온 후 아빠가 형과 나를 불렀다. 술 냄새가 많이 났다. 과자를 사 먹고 놀다 오라고 형에게 돈을 주었다. 형은 괜찮다고 했지만 우리는 결국 돈을 받고 슈퍼마켓으로 나가야 했다. 나는 신났지만 형은 표정이 좋지 않았다. 집을 나서는데 집에서 우당탕 소리가 났다. 뒤를 돌아보니 집 안에서 깨지는 소리가 들렸다.

그때 형이 말했다.

"너 왜 아빠가 나가 있으라 했는지 몰라?"

슈퍼마켓까지는 어린이 걸음으로 10~20분 정도 거리였다. 집으로 바로 들어가지 못하고 아주 느린 걸음으로 주변을 서성였다. 한 시간 정도 후에 집으로 와서야 나는 왜 나가 있어야 했는지 깨달았다. 집 안의 유리와 집기들은 산산조각이 나있었고, 엄마도 부서져 있었다. 나는 이날 내가 돈을 받고 집을 나설 때의 풍경, 형의 목소리, 돌아왔을 때의 분위기와 온도를 지금도 기억한다. 그리고 내 어린 시절 중 가장 생생한 기억으로 자리 잡고 있다.

나의 유년 시절 기억의 대부분은 혼자라는 외로움과 폭력에 대한 두려움이었다. 그 기억들은 세월이 흐르면서 조금은 희석되고 변형됐지만, 여전히 그 순간의 기억이 자주 떠오르는 것을 보면, 내면에 깊이 새겨 있는 것이 분명하다.

내가 살던 그 집터는 아직도 그대로다. 살던 집은 리모델링하여 다른 집이 됐지만, 그린벨트 지역이라 집터와 골목은 그대로다. 나는 가끔 그 집에 가본다. 어릴 적 크게만 보였던 집이 이렇게 작았었나 싶다. 힘들었던 기억이 많은 곳이지만 그리운 곳이기도 하다. 언젠가 내가 돈을 많이 벌면 그 집을 다시 사고 싶다는 생각도 해본다. 그곳에서 행복하게 살면 어릴 적 불행했던 기억이 다 지워질 것만 같은 생각이 든다. 그러다 늘 그렇듯 생각을 접는다.

'어차피 지난 일이다.'

불행한 과거는 나를 단단하게 해주었다고 애써 미화한다.

내가 할 수 있는 일은 아이에게 좋은 기억을 남겨 주는 것이다. 소담이와 동하가 어른이 되어 어린 시절을 떠올렸을 때 생생하게 기억할 추억이 외로움과 두려움이 아니었으면 좋겠다. 다시 돌아가고 싶은 시절로 기억됐으면 좋겠다. 그 기억들을 많이 남겨 주는 것이 내가 지금 하고 싶은 일이다. 어른이 된 아이들이 "아빠, 난 진짜 어린 시절은 참 행복했어. 아빤 진짜 최고의 아빠였어"라고 나에게 말해준다면, 그걸로 되었다.

이제 추억팔이는 그만해야겠다. 이번 주말에는 아이랑 뭐하고 놀지나 궁리해 봐야겠다. 놀러 갈 궁리.

저금통닭으로
돈맛을 배웠습니다

어릴 적 나는 배통이 커서 먹는 양이 많았다. 어머니의 말에 의하면 나는 아주 어렸을 때부터 밥만 줘도 우걱우걱 잘 먹었다고 한다. 간장에 밥만 줘도 한 그릇 뚝딱. 어려운 살림에, 맞벌이하는 어머니는 집안일을 할 시간이 없었고, 집에 있는 것이라고는 김치뿐이었다. 총각김치, 백김치, 파김치, 배추김치, 물김치… 무슨 김치 종류가 그리 많은지.

하지만 뭐든 잘 먹는다고 다 똑같이 좋아하는 것은 아니다. 내가 좋아하는 것은 통닭이다. 나는 통닭이면 환장한다. 어머니는 한 번씩 통닭을 시켜주셨다.

내가 좋아하는 통닭.

출출할 때 생각나는 통닭.

전 국민이 사랑하는 통닭.

닭다리, 닭날개, 퍽퍽살, 목살까지 다 맛있는 통닭.

몸에 좋고 맛도 좋은 이 통닭은 나에게 절약하는 습관을 만들어준 아주 의미 있는 음식이기도 하다.

초등학교 4학년, 그러니까 11살쯤이었던 것 같다. 그날도 통닭을 시켜 먹는 날이었다. 지금은 종류가 너무 많지만 그 시절 '통닭' 하면 페리카나치킨, 멕시칸치킨, 처갓집 양념통닭 세 가지 정도였다.

우린 페리카나치킨파였다. 치킨 한 마리당 쿠폰을 주는데 10장을 모으면 한 마리가 공짜였다. 냉장고에 붙은 쿠폰 개수를 확인하니 8개쯤 모였다. 다른 치킨집에 눈 돌릴 이유 없이 페리카나치킨집에 전화했다. 치킨 종류도 후라이드와 양념 그리고 반반 세 가지 옵션밖에 없었기 때문에 뭘 먹을지 고민할 시간 따위는 없었다.

"반반 하나 주세요."

가족은 네 명이었는데 통닭은 한 마리를 시켰다. 통닭 한 마리에는 다리가 두 개뿐이다. 다리는 내 몫이 아니었다. 나도 다리를 좋아했지만 먹을 수는 없었다. 마치 어머님은 짜장면이 싫다고 하신 것처럼 나는 다리를 별로 안 좋아한다며 사양했고, 주로 몸통과 목 같은 부위를 먹었다. 사실 부위는 별로 상관이 없었다. 통닭은 무조건 맛있으니까.

문제는 양이었다. 그 시절 나는 일 년에 10센티미터씩 키가 자라던 시기라 혼자서도 한 마리는 거뜬히 먹을 만큼 배통이 컸는데, 네 식구가 나눠먹기에 한 마리는 턱도 없이 부족했다. 은박지에 묻은 양념은 손가락으로 싹싹 긁어서 쪽쪽 빨아 먹었다. 손가락에서 치킨 냄새가 나지 않을 때까지 쪽쪽 빨아서 다 먹은 후 손을 씻지 않아도 될 정도였다.

그래도 내 배는 아직 끝나지 않았다. 이제 시작하려는데 통닭 박스에는 뼈만 남았다. 뼈에 붙어 있는 오돌뼈까지 모두 발골해서 정말이지 새하얀 뼈만 남았다. 차마 "두 마리 시켜주세요"라는 말은 할 엄두가 안 났다. 눈치를 봤다는 것이 정확한 표현일 것 같다.

치킨이 타조처럼 컸으면 좋겠다고 생각했다. 언젠간 나도 닭다리 한번 뜯고 싶었다. 닭다리 시원하게 하나 뜯고, 그다음 날개 두 개 먹은 다음에, 몸통 다 먹고 마지막 조각으로 남은 한쪽

다리를 와구와구 먹고 싶었다. 아니, 양손에 닭다리 하나씩 붙잡고 뜯는 것도 좋은 생각인 것 같았다.

그래서 비상금을 모으기로 결심했다. 심부름하고 남은 돈에서 뻉땅을 친 돈 100원. 도시락을 못 싸가서 받은 500원 중 300원으로 육개장 컵라면을 사고, 떡볶이 100원어치 사 먹고 남은 돈 100원. 놀이터 그네 밑에서 주운 돈 50원. 방에 떨어진 돈 100원. 그렇게 천 원이 모이면 지폐로 바꿨다. 심부름하라고 준 지폐 대신 한땀 한땀 모은 동전으로 계산을 했다.

그다음 지폐는 냉장고 위 가장 은밀한 곳에 고무줄로 돌돌 말아 숨겼다. 아무도 냉장고 위의 잡동사니에는 관심이 없었기 때문에 안전했다.

집안의 모든 심부름은 내가 했다. 100원, 200원이 생길 때마다 한땀 한땀 비상 돈통에 저축했다. 집에 아무도 없을 때 의자를 가지고 와서 돈이 잘 있나 확인도 했다. 다람쥐가 도토리를 모아서 숨겨두는 것처럼 이 세상 아무도 모르는 나만의 비상금을 만들어가는 게 너무너무 재미있었다. 그렇게 몇 달을 모으니 돈은 금세 모였다. 6,500원. 후라이드 통닭 한 마리를 살 수 있는 돈이다.

하지만 아직 부족했다. 양념 통닭까지는 500원이 부족했다.

어느새 정신 차리고 보니 7,000원이 고무줄에 꽁꽁 묶여 있었다. 이제 아무도 없는 틈을 타서 양념 통닭을 시켜 먹으면 됐다.

그런데 몇 가지 문제가 생겼다. 첫 번째, 집에 아무도 없을 때 혼자 시켜 먹다가 누가 들어와서 걸리면 어쩌지? 냄새도 날 텐데 그땐 뭐라고 하지? 두 번째, 쿠폰을 받으면 어쩌지? 쿠폰이 한 장 늘어난 걸 보면 이상하게 생각할 텐데(그 시절 냉장고에 쿠폰을 붙여두었기 때문에 통닭 쿠폰이 몇 장 붙어 있는지 정도는 파악하고 있었다. 다른 가족들도 파악했는지는 모르지만, 나는 줄줄 꿰고 있었다). 세 번째, 통닭 한 마리를 다 먹었는데 배가 안 부르면 어쩌지? '와, 배 불러서 더 이상은 못 먹겠다'라고 할 정도로 배 속 가득 통닭을 넣고 싶은데….

'안 되겠다. 7,000원을 더 모으자!'

그렇게 또 야금야금 돈을 모으기 시작했다. 특히, 천 원짜리 다섯 장을 5천 원짜리 한 장으로 바꿀 때, 고무줄로 둘둘 말 돈이 다섯 장에서 한 장으로 줄어드니 모은 돈도 줄어든 것만 같았다. 그래도 그 돈을 만 원짜리로 바꿀 때는 정말이지 부자가 된 것 같았다. 어느새 대망의 14,000원이 모였다. 이젠 통닭 두 마리를 혼자서 시켜 먹을 수 있다.

그런데 이번에는 더 큰 문제가 생겼다. 몇 달을 모은 돈에 정이 너무 들어서 차마 쓸 수가 없었다. 고작 통닭 두 마리 먹는 시간 30분? 한 번의 포만감을 위해 몇 달 동안 모은 내 돈, 몇 번이고 잘 있는지 확인한 그 돈이 없어질 것을 생각하니, 도저히 페리카나치킨집에 통화버튼을 누를 수가 없었다.

정말 깊이, 오랜 시간을 고민한 끝에 나는 주문을 포기했다. 그리고 무작정 돈을 모으기로 했다. 이번에는 짜장면과 탕수육을 추가하는 것을 목표로 했다. 그때의 마음과 행동 하나하나가 선명하게 내 머릿속에 남아 있다.

다람쥐는 야금야금 도토리를 모아서 겨울에 야금야금 꺼내 먹었지만, 나는 야금야금 모으기만 했다. 그 시절 돈을 벌 수 없었던 내가 돈을 모으는 방법은, 조금 더 싼 걸 사고 남은 돈을 모으는 것이 유일했다. 가격, 가격… 모든 소비에 가장 중요한 것은 가격이었다. 그리고 내가 절약한 만큼 모을 수 있었다.

초등학교를 졸업할 무렵 나는 지구상에 아무도 모르는 돈, 오직 나만이 아는 돈을 십만 원도 넘게 모았다. 모두 통닭 덕분이다. 그 시절 통닭으로 시작된 돈 모으는 습관은 내 삶에 굉장히 큰 영향을 끼쳤다.

첫째, 가격표를 보는 버릇이 생겼다. 지금은 집도 있고, 차도 있고, 돈도 벌고 얼마든지 여유롭게 살고 있지만, 마트에 가서 과자 한 봉지를 살 때도 이게 얼마인지? 1+1은 없는지 확인한다. 그러다 보니 가격을 외우게 된다. 신라면 한 봉지를 살 때는 가격을 안 보고 바구니에 담고 싶지만, 신라면을 집었다가 옆에 1+1 행사하는 너구리가 보이면 기어코 신라면 대신 너구리를 선택한다. 과자 정도는 가격을 보지 않고 사고 싶지만 아마 어려울 것 같다. 이 습관은 평생 바뀌지 않을 것 같다.

둘째, 소비를 컨트롤하게 됐다. 초등학교 시절부터 나는 내가 얼마를 가지고 있고, 앞으로 기대되는 심부름 수익이 얼마인지, 더 큰돈을 벌기 위해서는 무엇을 해야 하는지(우윳값 삥땅, 급식비 삥땅, 준비물 안 사기 등) 파악하고 있었다. 그래서 내 수중에 가지고 있는 돈으로 무엇을 살 수 있고, 얼마간 버틸 수 있는지 계산하는 버릇이 생겼다. 내가 대학 시절 아르바이트를 최소화하면서 교환학생까지 다녀올 수 있었던 것은 바로 이런 소비를 컨트롤 하는 습관 때문이었다.

마지막으로 셋째, 돈의 사용을 깨달았다. 초등학생 때 모은 십만 원이 넘는 돈을 나는 어디에 썼을까? 정답은 어디에도 쓰지 않았다. 이 저축 패턴은 중학교 때까지도 계속되었다. 그리고 중학교를 졸업하고 주유소에서 하루 12시간씩 시급 1,800원을 받으면서 처음으로 한 달을 꽉 채워 일을 했다. 전단지 아르바이트 같은 하루 이틀짜리가 아니라 한 달을 풀로 일해서 받은 돈 48만 원. 그때 노동의 가치를 알게 되었다. 그 돈은 절대 함부로 쓸 수 없었고 의미 있게 사용하기 위해 고등학교 입학금으로 냈다.

우리 집이 입학금도 못 내줄 형편이었던 것은 아니다. 다만, 중학교 3학년이 되고 고등학생이 되었을 무렵, 나는 다 컸다고 생각했고 얼마든지 스스로 살 수 있다고 생각했다. 그리고 '돈은 이렇게 써야 하는구나'라는 걸 어렴풋이 느꼈다.

다시 한번 말하지만 이 모든 게 다 통닭 덕분이다. 통닭 덕에 나는 돈을 모으는 방법도, 쓰는 방법도 알게 되었다. 피자나 떡볶이였으면 택도 없었을 거다. 통닭이 맛있었고, 양이 부족했던 덕분이다. 나는 아직도 통닭의 뼈란 뼈는 모두 발골해 먹는다. 통닭 한 조각에 살이 척척 붙어 있는데 이걸 뼈통으로 넣는 스웨그가 나는 아직도 어렵다. 마치 수박의 빨간 부분을 남겨두고 버리는 느낌이랄까?

언젠가 아내는 내가 통닭 뼈를 발골해서 먹는 모습이 멋있다

고 생각했단다. 가끔 하나의 행동에는 여러 가지 삶이 함축되어
있기도 한 것 같다. 어쩌면 찌질해보일 수도 있는 '통닭 뼈를 발
골하는 내 삶'을 잘 알아준 아내에게 감사하다.

오늘 밤은 치킨이다.

스타벅스 직원에게
쪽지 받았습니다

찌질이의 취업 준비 이야기다.

취준생 시절, 3개월간 고시원에서 살았다. 취업 스터디를 하고 싶었는데 취준생 카페를 뒤져보니 역시 서울에서 모였다. 그래서 대학생 하면 떠올랐던 곳, 신촌으로 갔다.

2010년 여름. 신촌에 있는 여러 곳의 고시원을 싹 둘러보니 시세가 나왔다. 새 고시원은 비쌌고, 에어컨이 있으면 더욱 비쌌고, 창문이 있으면 더더더더 비쌌다. 반대로, 창문 없는 방에 에어컨이 없는 오래된 고시원은 쌌다. 가장 싼 곳을 찾았다. 신촌의 창천문화공원(말이 공원이지 놀이터 규모) 앞에 있는 고시원이었다. 창천문화공원은 새벽까지 담배를 피우고 술을 마시는 학생들의 안식처였는데, 공원 앞의 창문과 에어컨이 없는 sky고시원, 그곳에서 지냈다. 땀띠 때문에 더위를 많이 타는 나에게 창문 없는 한 평짜리 고시원에서 3개월은 참 고약했다. 침대에 다리를 뻗기 위해서는 책상 밑으로 다리를 넣어야 하는데, 침대와 책상의 높이가 딱 다리가 들어갈 만한 공간이었다. 잠을 뒤척일 때마다 정강이를 책상에 찧었다. 다음 날 찧은 데 또 찧고, 또 찧다 보니 피가 났다. 그다음 날 또 찧었을 때는 나도 모르게 '아이씨' 하면서 눈이 떠졌다. 그곳을 하도 찧어서 아직도 내 정강이에는 상처가 남아 있다.

내가 가진 돈으로 고시원에서 최대로 버틸 수 있는 기간은 4~5개월 정도였다. 한 달에 고시원비 30만 원, 핸드폰 요금 3만 원 그리고 한 끼에 천 원씩 하루 3천 원을 식비로 잡고, 교통비나 각종 비정기적 지출을 감안한 돈이었다. 고시원은 밥과 김치를 무제한으로 제공했기 때문에 한 끼에 천 원이면 해결각이 나왔다.

신촌역 8번 출구에 있던 롯데마트 990, 그곳에 가면 천 원으로 살 수 있는 것들이 정말 많았는데, 내가 주로 샀던 것은 라면, 참치, 게맛살, 작은 비엔나 소시지 등이었다. 그럼 한 끼에 라면을 먹든, 참치를 먹든, 게맛살을 먹든 한 가지씩 먹으면 한 끼 천 원이다.

음식은 맛보다 양이었던 시절이라 천 원이면 충분했다. 하지만 가끔은 외부 음식이 먹고 싶을 때도 있었다. 그 시절 내가 제일 좋아했던 음식은 순댓국이었는데, 가끔씩 친구들을 고시원으로 불러서 순댓국을 얻어먹곤 했다.

한번은, 순댓국이 너무 먹고 싶은 날이었다. 순댓국은 6~7천 원인데 그걸 먹기에는 지출이 컸다. 그날따라 먹지 않으면 병이 날 것 같아 도저히 참지 못하고 순대 트럭으로 갔다. 3천 원어치 순대를 사서 고시원으로 돌아와 라면 물을 올렸다. 팔팔 끓는 물에 신라면을 넣고, 순대 절반을 함께 끓였다. 순댓국을 만든 것이다. 절반은 다음 날 먹기 위해 고시원 공용 냉장고에 넣었다. 순댓국을 만들 생각을 한 상황이 웃겼고, 그 맛은 더 웃겼다. 혼자 피식피식 웃으며 다신 안 먹어야겠다고 생각했던 것이 어제 일처럼 생생하다.

하루 천 원 고시원 생활을 하던 나지만, 스타벅스는 빠짐없이 갔다. 에어컨과 와이파이가 없던 고시원에서는 취업 정보를 얻거나 자소서를 쓸 수 없었기 때문에 커피숍 말고는 대안이 없었다. 연세대 앞에 있던 2층짜리 스타벅스. 2층 맨 구석 자리는 내

자리였다.

날씨가 화창했던 어느 날, 시원한 스타벅스의 에어컨과 와이파이를 만끽하며 취업 준비에 한창이었다. 그런데 저 앞에서 이상한 느낌이 감지되었다. 스타벅스 여 직원이 그날따라 내 쪽으로 조심조심 걸어오는 것이 아닌가? 아무래도 나에게 말을 걸 것 같았다. 두근두근했다.

"저… 손님, 여기…"

그리고 수줍게 쪽지를 건네고 서둘러 사라졌다.

'아… 이게 말로만 듣던 헌팅인가?'

두근거리는 마음으로 쪽지를 열었다.

'규정상 음료는 한 잔씩 드셔야 합니다. 음료를 시키지 않으시면 나가셔야 합니다.'

아, 쪽팔려! 그렇다. 나는 음료를 시키지 않고 에어컨과 와이파이를 훔치고 있었다. 1인 1잔 국룰을 어기고 구석에서 '내가 언젠가 취업하면 맨날 스타벅스만 가서 이 빚을 갚으리라' 하며 벌였던 에어컨, 와이파이 루팡 짓이 걸렸던 날이다. 아니, 걸렸다는 표현보단 쫓겨났다는 표현이 맞겠다. 그때의 화끈거림이 아직도 선명하다. 그날의 날씨, 스타벅스 여 직원의 표정과 말투, 걸음걸이도 생생하다. '정말 미안하지만 어쩔 수 없어요. 정말 미안해요'라는 표정이라 더 기억에 남는다. 쪽지를 확인하고 죄송하다고 말할 틈도 없이 여 직원은 사라졌고, 나도 허둥지둥 노트북을 챙겼다. 나가는 길 행여라도 눈이 마주칠까 봐 서둘러 문을 열고 나왔다.

"안녕히 가세요."

'인사를 해주시는 저 분도 내가 에어컨 루팡이란 걸 알고 있겠지?'라는 생각에 얼른 그 자리를 벗어나고 싶었다.

밖으로 나와 잠시 걸었다. 멘탈이 흔들렸다.

'아… 내가 사장이라도 당장 꺼지라고 하겠다.'

'아… 이렇게까지 살아야 하나….'

'아… 빨리 취업하고 싶다.'

'아… 아무 데나 취업해서 이 상황을 벗어날까….'

그 시절 나의 찌질함은 선택적 찌질함이었다. 아르바이트를 조금만 해도 하루 한 끼 정도는 맛있는 것을 먹을 수도 있었다. 어머니 집에서 살면서 고시원비만 아껴도 찌질하게 살 필요는 없었다. 이왕 할 거 제대로 해보겠다고, 군이 취업 스터디를 해야겠다며 서울로 올라온 것은 내 선택이었다. 무너진 멘탈을 잡을 수 있었던 것 역시 이 상황은 내가 선택한 상황이었다.

다시 멘탈을 잡았다. 멘탈을 잡고 나니 할리스가 보였다. 맨 구석 자리에 앉아서 쓰던 자소서를 마저 썼다. 취업 후 스타벅스와 할리스를 보면 그때 생각에 괜히 들어가서 커피 한잔 시키고 혹시 나 같은 학생이 없나 주변을 둘러보기도 했다.

없었다. 한 명도 없었다.

'찌질하다'라는 말을 사전에서 찾아보니 '보잘것없고 변변하지 못하다'라는 뜻이란다. 영어로는 'Being a nerd. Or loser.' 루저라니. 국어사전 의미가 난 더 마음에 든다. '보잘것없고 변변하지 못하다.'

우리는 태어나면서 보잘것없고 변변하지 못하게 태어난다. 말도 못하고, 걷지도 못하는 상태로 태어나서 어엿한 어른이 된다. 어른이 되어서도 보잘것없고 변변하지 못한 상황에 많이 놓이게 된다. 특히 한 번도 해보지 않은 일을 할 때 더욱 그렇다. 예를 들어 처음 복싱을 배우면서 스파링을 한다고 생각해보자. 발 스텝도 꼬이고 이리저리 허공에 주먹만 휘두르다가 한 대 맞고 바닥에 쓰러질 것이다. 한 번도 해보지 않은 스페인어를 배운다고 우스운 발음과 우스운 표정으로 어버버 한다고 생각해보자. 참으로 보잘것없고 변변하지 못하다.

그 상황에서 찌질함을 벗어나는 가장 좋은 방법은 쉬운 길을 선택하는 것이다. 새로운 거 말고, 하던 일, 처음 해봐도 잘할 수 있는 일을 하면 찌질해지지 않는다. 또 다른 방법은 찌질한 상황을 인정하고, 극복하고 이겨내는 길이다. 극복하고 이겨낸 경험은 내공이 쌓이고, 용기가 된다. 그 용기로 또 새로운 것을 도전하고, 이후 맞닥뜨릴 보잘것없고 변변하지 않은 상황을 극복하면서 살아가게 된다. 나는 후자를 선택하는 편이다.

어려움을 겪고 찌질함을 이겨낸 사람에게는 특유의 자신감과 단단함이 있다. 나는 그런 단단함을 좋아한다. 그 단단함을 동경한다. 그래서 찌질한 상황을 벗어나기보다 이겨내는 길을 택한다. 그러면 점점 더 단단해지는 나를 발견하게 된다. 세상에서 가장 강하고 단단한 사람이 아니라 과거의 나보다 강하고 단단해지는 거다. 그러다 보면 조금은 보잘것 있고 변변해지겠지. 언젠가 70살이 되고 80살도 될 텐데, 그때 뒤돌아보면 잘 살았다는 생각을 하겠지.

그러니까 잠깐 찌질한 건 괜찮다.

그럼 됐지 머….

꽃 도둑은
눈감아 줍니다

꽃은 왜 이렇게 비싼지…. 비싼데 꼭 필요하지도 않다. 제일 큰 문제는 오래 가지도 않는다. 그래서 돈이 없는 사람은 꽃을 사기 어렵다. 웬만큼 자신을 사랑하지 않는다면 자신을 위해 꽃을 사긴 쉽지 않다.

그래서 대부분 꽃의 역할은 누군가를 감동시키기 위함이다. 그마저도 없다면 꽃에 관심은 없을 것이다.

대부분의 사람들은 20살이 될 때까지 초등학교, 중학교, 고등학교 졸업식 때 받은 꽃이 전부인 경우가 많다. 그런데 졸업식 꽃은 사실 꽃이라고 보기 어렵다. 모두가 준비물처럼 들고 있으니 특별하지도, 감동적이지도 않다. 사진을 찍고 하루가 지나면 사라진다. 꽃은 참 어렵다.

　2010년 봄, 교환학생으로 있던 미국의 아칸소주에는 꽃이 정말 많았다. 시골 동네라 아파트 같은 높은 건물은 없고 모두 널찍한 주택에 살았다.

　주택마다 앞마당, 뒷마당이 있는 동네였다. 자전거를 타고 학교까지 가는 길에 보면, 각자의 마당을 한껏 꾸며두었다. 봄이 되면 여러 종류의 꽃이 활짝 피었는데 주택에 담벼락이 없었기 때문에 학교까지 가는 길이 참 즐거웠다.

　나는 여자 친구가 있었다. 그 친구는 참 소박했고 나를 많이 챙겨주었다. 교환학생들은 학교의 밀 플랜(meal plan)이라는 급식프로그램을 이용해서 학교의 모든 식당을 이용할 수 있었는데, 한 끼에 10달러 정도로 매우 비쌌다. 그걸 한 학기 단위로 예약을 하면 너무 큰돈이 들기에 나는 당연히 하지 않았다. 할 수가 없었다.

　나는 마트에서 값싼 베트남 쌀과 계란 그리고 엄청나게 큰 햄 등을 사서 1년 내내 그것만 먹었다. 점심에는 식빵에 땅콩잼과 딸기잼을 발라 투명용기에 싸갔다. 미국 사람들이 즐겨 먹는 'pbnj(peanut butter and jelly)'라고 부르는 잼 바른 빵이었다. 나는 수업이 끝나면 pbnj로 대충 점심을 때우고 도서관으로 갔다.

어느 날, 여느 때와 마찬가지로 도서관에서 공부를 하고 있는데, 내가 관심 있어 하던 여학생이 은근슬쩍 햄버거를 가지고 왔다. 자기는 밀 플랜 쿠폰이 너무 많이 남아서 다 못 쓸 것 같다며 남는 쿠폰으로 햄버거를 사왔다고 했다. 미국에서 KFC보다 유명한 chick-fil-a 치킨버거였다. 밀 플랜이 없는 내가 마음 상하지 않도록 에둘러 챙겨준 것이 나는 싫지 않았다.

나는 그녀에게 보답을 하기로 했다. 그리고 그날 밤, 평소 눈여겨보았던 예쁜 튤립이 심어져 있는 교정으로 갔다. 수백 송이의 튤립 중 아직 입을 다 벌리지 않은 예쁜 녀석을 찜해두고 주변을 살폈다.

'두근두근… 스윽!'

아무도 없는 틈을 타 주머니에서 커터칼을 꺼냈다. 여러 송이의 튤립을 잘랐다. 그리고 외투에 숨겼다. 모두를 위해 심어둔 튤립을 한 사람을 위해 잘랐다. 명백한 절도다. 꽃 도둑이다. 그리고 나는 그녀에게 쓴 편지와 잘라온 튤립을 작은 병에 담아 그녀 기숙사로 찾아갔다. 누군가 기숙사에서 나오는 틈을 타서 잽싸게 안으로 들어갔다. 나는 그녀의 기숙사 문 앞에 꽃병과 편지를 두고 나왔다.

그날 나는 꽃을 훔쳤고, 그녀의 마음도 훔쳤다. 나중에 들은 이야기인데, 그날 아침 지금의 아내가 자고 있는데 옆 방 친구가 온갖 호들갑을 떨면서 문을 열고 들어오더니 이거 뭐냐며, 도대체 Dean(내 영어 이름)이 누구냐며 스위트하다며 한참을 웃고 떠들었다고 한다. 그녀는 '이 사람이랑 결혼해도 되겠다'는 생각을 처음 했다고 했다. 그리고 그런 추억을 만들어줘서 고맙다고 했다.

꽃을 산 지 참 오래된 것 같다. 이제는 두근거리는 마음으로 주변을 둘러본 뒤 칼을 꺼내서 꽃을 훔치지 않아도 되는데, 꽃을 사는 건 참 어렵다. 비싸서 어려운 건가? 아니면 빨리 시들어서 그런가? 생각의 종착지는 늘 같은 곳이다.

'나중에 늙으면 꽃집이나 차려볼까?'

혹시라도 꽃집을 차리게 된다면,

누군가 저 멀리서 내 꽃을 훔치려고 두리번거리고 있다면,

그냥 잠든 척 해야지.

없어진 꽃을 보면서 꽃 도둑이 누구의 마음을 훔칠 건지 상상하면서 옛날 추억에 빠져야지.

오늘은 오랜만에 꽃을 사야겠다. 비록 훔친 꽃은 아니지만 아내가 좋아했으면 좋겠다. 꽃은 시들지만, 그날 훔친 그녀의 마음은 시들지 않았기를 바라면서….

김일성,
172 그리고 나

세 곳의 초등학교를 다녔다. 창용초등학교, 송죽초등학교 그리고 연무초등학교. 2학년쯤 창용초등학교를 떠나면서 왠지 모르겠지만 나는 울었다. 4학년 때까지 다녔던 송죽초등학교에서의 특별한 에피소드나, 얼굴, 이름이 기억나는 친구는 없지만 전학을 가던 마지막 날 나는 울었다.

교문 밖에는 엄마가 서 있었고, 선생님은 친구들에게 마지막 인사를 하라고 했다. 50개의 눈(그 당시 한 반에 50명 정도였다)이 나를 바라보는 통에 나는 고개를 들지 못해 푹 숙이고 울었다. 선생님은 하루 종일 울고만 있을 수는 없다고 판단했는지 귓속말로 "고마웠어"라고 이야기하라고 하셨고, 나는 울면서 "고마웠어" 하고 교실을 나왔다.

그리고 연무초등학교로 갔다. 전학 첫날 교단에 서서 고개를 숙이고 "잘 지내자"라고 인사했다. 그때 앉아 있던 아이들이 나에게 했던 말이 아직도 귀에 생생하다.

"와, 키가 솥뚜껑만 하다."

"싸움 잘할 것 같은데?"

키가 꽤 큰 편이었던 나는 교실 맨 뒤에 앉았다. 쉬는 시간이 되자 몇몇 애들이 와서 키가 크다며 관심을 보였고, 솥뚜껑이 찾아왔다. 알고 보니 솥뚜껑은 그 학년에서 싸움을 제일 잘하는 녀석의 별명이었다. 그 녀석은 나를 데리고 다니며 학교 주요 인물들(그러니까 서열 2위 같은)을 이리저리 설명해 주었다. 소심한 내가 대장놀이에 낄 일이 없었기 때문에 나는 교실 맨 뒷자리에 앉아 있는 그냥 키 큰 꺽다리로 4학년을 보냈다.

5학년, 봄. 그 시절 남자애들에게 가장 인기 있는 놀이 종목은 말뚝박기였다. 두 편으로 나누기 위해 가장 인기 있는 두 녀석이 가위바위보를 하면서 이긴 사람이 먼저 한 명씩 지목했다. 그날 가위바위보를 하던 녀석 중 한 명은 '김일성'이란 별명을 가진 아이였다. 재미있고, 여자애들에게 인기도 많아서 내가 부러워하던 녀석이었다. 소심한 나는 지목당할 때까지 머쓱하니서 있을 수밖에 없었는데, 갑자기 김일성이 나를 지목했다.

"야, 너 잘하지? 나 애 할래."

헐… 내가 우선순위로 지목을 당하다니. 그것도 내가 좋아하는 김일성한테….

기뻤다. 그리고 그날 최선을 다해 말뚝을 박았다. 그런 날이 반복되면서 나는 김일성과 친해졌다. 마침 김일성 집은 우리 집과 학교 중간에 있어서 하교하고 집에 가는 길에 김일성 집에서 놀기도 했다. 나중에는 등교도 함께했다. 김일성은 반에서 인기가 최고였다. 발렌타인데이 때에는 반 여학생들에게 초콜릿을 가장 많이 받았다. 그 친구가 나의 친구라는 것이 자랑스러웠다. 그래서 김일성과 같이 밥을 먹고, 김일성이 하는 놀이를 같이 하고, 심지어 김일성이 좋아하는 애를 나도 좋아했다.

지금 생각해보면 친구라기보단 졸졸 쫓아다니는 부하쯤이었지만, 그래도 김일성 옆에 있으면 나도 다른 친구들과 친해지기도 했고, 무엇보다도 나에게 친구가 있다는 사실이 든든했다.

5학년이 끝날 때쯤 반이 바뀔까 봐 초조했다. 졸업할 때까지 김일성의 친구이고 싶어서 같은 반이 되게 해달라고 빌었다.

6학년 봄. 맙소사! 나는 김일성과 같은 반이 되었다. 그리고 '172'라는 녀석을 만나게 되었다. '172'의 이름은 '이원철'인데

'원철이, 원철이…' 부르다 보면 172가 된다.

우리는 언제나 함께 붙어다녔다. 우유 당번도 함께했다. 아침에 우유 창고에 가면 반별로 우유를 신청한 학생 수만큼 우유를 주셨다. 가끔 딸기우유나 초코우유를 하나씩 주기도 했는데 그건 우유 당번의 몫이었다.

겨울에는 교실 한가운데 둥그런 화목난로가 있었다. 우리 셋은 땔감 당번도 함께했다. 둥그런 양동이를 가지고 땔감 창고에 가서 함께 줄을 섰다. 각 반에 왕겨탄을 담을 양동이와 나무를 담을 양동이를 하나씩 주셨다. 조금이라도 많이 가져가기 위해 나뭇가지를 양동이에 쑤셔 넣고 혼자 들기 무거워서 셋이 낑낑 대면서 교실로 오면 땔감 많이 가져왔다고 선생님이 칭찬해 주시기도 했다. 체육 시간에 함께 정글짐에서 얼음땡을 했고, 구령대에서 고무줄 하는 여학생의 고무줄을 끊기도 했다. 학교가 끝나면 약속이나 한 듯이 셋이서 동네방네 돌아다녔다. 오락실을 가고, 놀이터를 가기도 했다.

세 명에게는 공통점이 많았다. 무엇보다 집안 환경이 비슷했다. 우리 모두 형제 중 둘째 아들이었고 모두 형보다 세 살 어렸다. 그리고 물을 뜨러 다녀야 했다. 정수기가 없었던 시절이라

집집마다 물을 마시기 위해서는 끓여 먹거나 동네 약수터에서 물을 떠 와야 했다. 약수터에 가면 항상 동네 사람들이 모여 있었는데, 온 순서대로 물통을 쭉 줄 세워 두었다. 간혹 말통을 두세 개씩 가지고 온 사람이 앞에 있으면 한 시간도 넘게 기다리기도 했다. 우리 셋은 가방에 음료수통 6개를 넣고 연무동에 있는 퉁소바위 약수터에서 만났다.

학교 끝나고 누군가 "나 물 뜨러 가야 하는데?"라고 하면 그 친구 집에 가서 물통을 챙기고 함께 약수터로 갔다. 주말 아침 7시, 약수터에서 만나 물을 뜨고 거기서 한참 놀다가 각자 집으로 흩어지기도 했다. 겨울이면 약수터에 먼저 오신 아저씨들이 드럼통에 불을 쬐고 있었는데, 은박지에 몰래 싼 고구마를 가지고 와서 같이 구워 먹기도 했다.

그렇게 겨울이 가고 봄이 왔다. 중학생이 된 나는 더 이상 고개를 숙이는 아이가 아니었다. 2년간 김일성과 172와 함께 놀면서 내향적인 성격은 조금씩 녹기 시작했고, 조금씩 변하고 있었다.

우리는 같은 중학교를 진학했지만 모두 다른 반이 되었다. 중학생이 되면서 나는 자연스레 다른 친구들과 더 가까워졌다. 그리고 세 명 모두 다른 고등학교에 진학하면서 우린 거의 만날 일이 없게 되었다. 그러다 고3이 된 우리는 어찌된 일인지 다시 만났다. 잔뜩 커버린 우리는 어른 흉내를 낸다며 술을 마시기도 했고, 담배를 피우기도 했다. 수능이 끝나는 날 함께 모여 찜질 방을 갔고, 고기 뷔페에서 양껏 먹기도 했다. 그해 12월 31일 밤 11시 50분. 우리는 당당하게 민증을 내고 술을 마시겠다며 수원 남문의 '헤세드'라는 술집에 가서 자정이 넘자마자 민증을 까고 맥주를 시켰다.

그리고 20년이 흘렀다. 그 사이 우리 모두 결혼을 했고, 서로의 결혼식에 사회를 봐주며 축하해 주기도 했다. 나는 직장을 위해 서울로 이사를 갔고, 김일성은 헝가리에서 헝가리 여인과 결혼해서 행복하게 살면서 유튜브로 이름을 날리고 있고, 172는 수원에서 뿌리를 내리며 살고 있다. 세 명 모두 아이 둘을 키우는 아저씨가 되었다.

세월이 많이 흐른 지금, 우리는 각각 다른 길을 가고 있지만, 지금도 가장 친한 친구라며 서로를 의지하고 있다. 김일성이 한국에 올 때면 항상 함께 여행을 갔다. 그리고 그때 그 시절을 회상하면서 밤새 술을 마신다. 그럴 때면 가끔 묻는다.

"우리가 만약 어른이 돼서 만났다면 친구가 되었을까?"

김일성과 172는 입을 모은다.

"미쳤냐? 내가 너를 왜 만나?"

나도 마찬가지다. 나랑 잘 안 맞는 녀석들. 하지만 그게 무슨 상관인가. 어디에서도 고개를 숙이고 말 한마디 못했던 이방인 같았던 내가, 꽁꽁 얼어붙어 있던 마음을 녹이고 내향적인 성격에서 외향적인 성격으로 변할 수 있었던 것은 모두 이 친구들 덕분이다. 이 친구들과 함께 어울리고 깔깔대고 노는 사이, 친구가 어떤 의미인지, 내 편이 있다는 것이 얼마나 중요한지 알게 되었고, 더 크게는 자신감을 갖게 되었다.

살다 보니 하나의 계기로 삶이 바뀌기도 하고 한 명이 내 삶을 흔들어 놓을 때도 있더라. 어둡고 부끄럽던 내 삶에 변화를 준 것은 이 친구들이었다. 자주 만나지는 못하지만 시간이 지나면서 이자가 쌓이듯 추억도 깊어졌다.

아마 제주도에는
과자 안 팔걸?

1인당 30만 원. 우리 셋은 제주도행 비행기값 포함해서 딱 30만 원을 모았다. 그리고 제주도로 출발하기 하루 전, 마트에 갔다.

　"야, 뭐 사야 되냐?"

　"음… 술이랑 라면 먼저 사야지."

　누가 물어보고, 누가 질문했는지 기억은 나지 않지만, 우리 셋은 서로 질문을 주고받으며 자신의 의견을 확인했다.

　"근데 제주도에도 이런 거 다 팔지 않을까?"

　"팔 수도 있는데, 안 팔 수도 있잖아. 막상 갔는데 안 팔면 어쩔래?"

"맞아. 그리고 팔아도 섬이라서 엄청 비쌀걸!"

"그래, 섬은 다 비싸대."

"그래? 그럼 일단 다 사자."

"근데 얼만큼 사야 되지?"

"3박 4일 먹을만큼 사야지."

"오케이!"

우리는 과자와 라면, 삼겹살, 육포, 햇반, 소주와 맥주 등 3박 4일간 제주도 여행에 필요한 온갖 맛있는 식량을 가득 담았다.

'오케이 준비 끝! 근데 공항까지 어떻게 가지?'

셋 다 비행기를 처음 타본다. 가장 빠른 방법은 택시. 근데 택시 탈 돈으로 제주도에서 술이라도 한잔 더 마시자며 패스. 그 다음은 공항버스. 차가 밀릴 수도 있다고 해서 패스. 우리가 선택한 방법은 지하철이다. 마트에서 장 본 것들을 들고 낑낑대며 지하철 환승까지 해가며 가까스로 도착했다. 비행기 출발 직전이었다. 체크인 승무원이 물었다.

"왜 이렇게 늦게 오셨어요. 못 탈 뻔하셨어요."

"네? 아직 20분이나 남았는데요?"

"비행기는 출발 2시간 전에는 오셔야 해요."

"아… 그렇구나….."

"박스 안에 내용물이 무엇인가요?"

"과자랑 라면이랑 술이요."

"아… 네….'

"제주도에는 안 팔까 봐요. 근데 다른 사람들은 잘 안 싸가나 봐요?"

"다 팔아요."

"아, 파는 건 아는데 비싸다고 해서요."

"제주도에도 마트가 있긴 해요."

"아…."

"그런데 어떻게 부치실 거예요?"

"네? 어떻게 부치냐는…."

"이대로는 못 들고 가세요. 수화물로 부치셔야 하는데 박스도 없으세요?"

"어? 그런 거 안 가지고 왔는데…."

봉지에 잔뜩 주섬주섬 먹을 걸 사갔던 우리다. 너무 늦어 박스 사고 말고 할 겨를도 없이 테이프를 빌려서 봉지를 둘둘 말아서 수화물로 보내버렸다. 비행기 탈 때 신발을 신고 타는지 벗고 타는지 잘 몰랐지만, 아무도 신발을 벗지 않고 타서 우리도 그냥 탔다. 체크인 승무원은 우리가 귀여웠는지 이코노미석

맨 앞자리로 배정해 주었다. 눈앞에 승무원 한 분이 앉아 계셨고 함께 이야기하는 사이 제주도에 도착했다. 그리고 컨베이어 벨트에서 우리 짐을 기다렸다. 그때 처음 알았다.

'아… 사람들이 캐리어를 가지고 다니는구나….'

저 끝에서 테이프로 둘둘 감긴 우리의 과자와 라면이 나오고 있었다. 우린 킥킥 웃으며 짐을 찾고 밖으로 나왔다.

제주도. 눈앞에 펼쳐진 야자수. 태어나서 처음 보는 광경에 입을 다물지 못했다.

"와! 대박이다. 외국 온 것 같다."

"그러게. 외국은 한 번도 안 가봤는데…."

"안 가도 되겠는데?"

"가서 뭐하냐? 말도 안 통하는데…."

"제주도가 짱이다."

잠시 감탄하고 나니 문득 생각이 났다.

"근데, 이제 뭐하지?"

아무런 계획도 없었다. 제주도가 큰 섬인지도 몰랐다. 그냥 한눈에 섬이 보여서 쉬익~ 돌아보면 되는 곳인 줄 알았다. 안내 센터에 갔더니 책자가 마련되어 있었지만 감이 안 왔다. 모를

땐 물어보는 게 최고다.

"선생님, 만약에 한 곳만 가야 한다면 어디 가실 거예요?"

"협재가 가깝고 괜찮아요."

"바다 있어요?"

"바다 있죠."

"걸어가면 얼마나 걸려요?"

"네…?"

"아, 차가 없어서 걸어가려고요."

"에이, 제주도가 얼마나 큰데… 걸어서는 못 가요. 요 앞에서 협재 가는 버스가 있어요."

"아, 감사합니다!"

협재에서 내린 우리는 1박에 5만 원인 곳을 찾아서 3박을 하는 조건으로 3박에 12만 원을 드렸다. 그리고 영접한 협재의 바다. 어처구니가 없었다. 서해의 뻘 바다와 동해의 파도치는 바다와는 달랐다. 한국에 이런 낙원이 있었다니. 우리 셋은 앞뒤 가릴 것도 없이 바다로 뛰어들었다. 아무리 물에 들어가도 깊지 않아서 너무 좋았다.

"야, 사진기 어딨냐? 한번 찍자."

"아, 사진기…."

내 주머니에 있던 사진기와 필름이 다 젖었다. 첫날 단 한 장도 찍지 못하고 사진기는 고장 났고, 필름은 못 쓰게 되었다. 이리저리 회비를 굴려보니 일회용 카메라 한 개 정도는 살 수 있었다. 우리는 20방짜리 카메라 하나로 3박 4일간의 추억을 고스란히 담았다.

우리는 협재에서 아무것도 하지 않았다. 그 흔한 수목원도 안 가보고, 맛집을 찾아보지도 않았다. 그저 바다만 보고, 숙소에서 밥 먹고, 다시 바다에 나와 놀다가 숙소로 가서 밤새도록 술을 마셨다. 특별히 가지고 온 J&B도 마셨다. 행여나 남으면 가지고 가야 할까 봐 세 박스나 가지고 간 식량을 부지런히도 먹었다. 한번은 밤에 셋이서 해변에 앉아 맥주를 마시고 있는데, 주변에 여대생 누나 두 명이 있었다. 오줌싸개를 해서 진 사람이 말을 걸어서 같이 맥주를 마시고 사랑의 짝대기도 했던 기억이 난다. 이게 나의 20살, 첫 제주도 여행의 전부다. 돌이켜보면 참 지지리도 놀 줄 몰랐던 시절이었다.

20년이 지난 지금, 수도 없이 제주도에 갔지만 나의 여행은 처음과는 많이 달라졌다. 모처럼 휴가를 냈으니 어디서 무엇을 할지 검색하고, 어느 음식점이 맛있는지 알아봤다. 아이가 있으니 숙소는 되도록 편한 곳을 찾는다. 차는 반드시 필요하고, 과자와 술은 가져가지 않았다. 제법 계획적이고 어른스러운 여행이 가능해졌지만, 내 가슴속에 가장 기억난 여행은 역시 숙소에서 식량 빼먹던 첫 번째 여행이다.

내 주변에는 계획적인 사람이 없었다. 가족 중 아무도 계획을 세우고 실천하는 사람이 없었고, 친구 중 누구도 빡빡한 계획을 세우는 사람이 없었다. 그래서인지 나는 계획적인 것이 싫었다. 시간표도 목표도 없는 삶. 즉흥적으로 사는 삶. 계획이 없는 낭만적인 삶을 추구했다. 군대를 전역하고 어떻게 살아야 할까 생각하면서, 정신을 차린 나는 미래를 위해 계획하고, 실천했고, 입사 후 회사가 계획한 일을 일정에 맞춰 실행했다. 회사는 계획한 일이 아니면 할 필요가 없었다. 평가조차 하지 않았다. 어쩌면 나의 회사 생활이 지루했던 것도, 무계획이 주는 신선한 충격이 없었기 때문일지도 모르겠다.

갑자기 눈으로 들이닥치는 야자수. "여기가 어디야?" 하고 봤더니 펼쳐진 미친 바다. 여기저기 널린 마트. '제주도 마트도 가격이 비슷하구나'라는 깨달음. 인생은 여행이라고 하는데, 여행 뭐 별거 있나 싶다.

남문 로열극장 거리의 시인은 잘 살고 있을까?

1990년대 수원의 중심은 남문이었다. 남문의 상징은 '로얄극장'이었다. '로얄극장'은 만남의 장소였다. 지금은 광교, 인계동, 수원역 등으로 패권을 빼앗겼지만, 90년대 수원의 젊은 사람들은 모두 남문으로 모였고, 핸드폰이 없던 시절 "야, 토요일 오후 2시에 로열극장에서 보자" 등의 약속을 했다. 1층에는 매표소와 오락실이 있었고, 늘 그렇듯 오락실 앞에는 인형 뽑기가 있었다. 오락을 좋아하지 않았던 나는 삼총사 친구들이 하는 걸 보거나 인형을 뽑거나 계단에 앉아서 담배 한 대 물고 지나가는 사람들을 쳐다봤다.

그때 600살은 되어 보이는 사람이 나를 툭툭 쳤다. 40일 정도 굶은 듯 핼쑥한 얼굴과 2년간 안 씻은 꼬질꼬질한 손은 딱 봐도 거리의 시인이었다. 그는 호소력 짙은 눈빛으로 나를 바라보면서 손을 내밀었다.

"배가 너무 고파요. 500원만 주세요."

그 시절 거리의 시인들의 일반적인 대화법은 "툭툭" 치며 돈통을 들이 밀거나, "껌 사요" 정도인데, 예상외로 예의 바른 목소리에 다소 놀랐다. 더군다나 학생이었던 나에게 존댓말로 도움을 요청하던 그 목소리는 울림이 있었고, 진정성이 느껴졌다. 인형 뽑기 못 뽑은 셈 치자며 호주머니에서 2천 원을 꺼내 "라면이랑 삼각김밥 사 드세요"라고 따뜻하게 한마디 건넸다. 거리의 시인은 인파 속으로 유유히 사라졌다.

"그래, 돈은 이렇게 써야지." 뿌듯했다.

그때 한창 오락하던 친구가 내 어깨에 손을 얹으며 말했다.

"야, 돈을 왜 주냐? 저 아저씨 떼돈 벌 걸?"

"붕아, 무슨 떼돈을 벌어. 배고파 보이시는구만."

나는 그럴 리 없다며 따뜻한 세상을 만드는 데 일조했다고 생각했다.

"야, 춥다. 들어가자."

친구는 오락을 잘했다. 철권, 킹오브파이터, 용호권 등 격투기 게임을 하면 항상 이기는 녀석이었다. 어깨 너머로 친구가 이기는 모습을 보면 재미가 쏠쏠했다. 그런데 상대편을 보니 솜씨가 보통이 아니다. 얌체처럼 치고 빠지는 모양새가 한두 번 해본 솜씨가 아니었다. 실력자인 내 친구가 너무 쉽게 졌다. 절대 고수를 만난 것이다.

"누구지?" 하고 상대편 플레이어를 봤다.

"헐퀴!"

할 말을 잃었다. 내 친구를 가지고 놀던 절대 고수는 내가 방금 2천 원을 수혈한 거리의 시인이었다. 레전드.

'뭐 이딴 거지 같은 일이…' 하고 열받을 법도 하지만 그저 웃었다.

살다 보면 뜬금없이 '그때 그 사람은 뭐하며 살고 있을까?'라는 생각이 들 때가 있다. 그때마다 한 번씩 생각나는 사람 중 한 명이 바로 로얄극장 거리의 시인이었다.

오락이 얼마나 좋으면 그랬을까?

과거에는 어떤 삶을 살았던 걸까?

오늘도 다짐한다. 열심히 살아야지.

이런 말 하기 쪽팔리지만,
취미도 특기도 없습니다

"이런 말 하기 좀 쪽팔리지만, 취미도 특기도 없는데요?"

"아참, 깜빡했는데 꿈도 없습니다."

이런 나사 빠진 사람을 봤나?

봤다. 바로 나다.

늘 궁금했다.

"도대체 취미는 어떻게 만드는 거야?"

"취미는 꼭 있어야 되는 거야?"

"특기 있는 사람은 얼마나 좋을까?"

누군가 취미가 뭐냐고 물어보면,

"그냥… 음악 듣는 것도 좋아하고… 영화 보는 것도 좋아하고… 이것저것….”

이렇게 쭈뼛쭈뼛하는 사이 결혼도 하고 아이도 생겼다. 그런데 4년 전부터 나에게도 취미가 생겼다. 유튜브다. 그리고 이 취미를 오래하다 보니 실력이 늘었다. 이제는 제법 “영상미 좋아요”, “영상 편집 어디서 배우셨나요?”, “믿고 보는 무빙워터”라는 댓글이 달리기도 했다. 2~3년 꾸준히 하다 보니 영상 제작이라는 특기가 생겨 40살이 돼서야 취미, 특기를 자신 있게 말할 수 있었다. 그렇게 유튜브는 나의 부캐가 되었다.

내가 취미도 있고 특기도 있는 사람이 되어 보니 드디어 알겠다. 왜 그렇게 취미, 특기가 중요한 것인지. 취미가 있으니 삶이 지루할 틈이 없다. 일을 하면서도 '빨리 업무 끝내고 영상 편집해야지'라며 본업의 집중도도 높아졌다. 아이스브레이킹의 좋은 소재가 되었다. 특기가 되니 삶의 바운더리가 넓어졌다. 영상 편집을 의뢰하는 사람이 생겼고, TV나 영화를 볼 때 단순 재미가 아닌 기획, 촬영, 편집들이 눈에 들어왔다. 만나는 사람의 스펙트럼도 넓어졌다. 지금 나의 삶이 그 어느 때보다 풍성하고 다양해진 이유는 바로 유튜브 때문이다.

그럼 나는 어떻게 유튜브라는 취미를 만들 수 있었을까? 갑자기 하늘에서 뚝 떨어진 것처럼 '좋았어, 이제부터 내 취미는 영상 제작이야'라고 했을까? 아니다. 유튜브를 시작한 것은 영상 촬영을 할 줄 알아서도, 영상 촬영이 너무 하고 싶어서도 아니었다. 단지 작은 계기가 있었을 뿐이다.

소담이가 신생아 때, 나는 전담 육아를 했었다. 24시간 말이 안 통하는 아이와 있자니 그것만큼 지치는 것도 없었다. 틈틈이 사진도 찍어서 일 나간 아내에게 보내줘야 하고, 양가 부모님들에게도 '우리 아이가 이렇게 컸어요' 하고 퍼 날라야 했다. 퍼 나르면 답장이 오고, 그 답장에 또 답을 해야 했다. SNS를 하지 않는 나는 그런 과정이 힘들었다. 그래서 결심했다.

'카톡방마다 사진 보내지 말고 영상을 찍어서 유튜브에 올려보자. 그럼 보고 싶은 사람들이 알아서 보겠지.'

그렇게 시작한 게 유튜브다. 아이랑 놀면서 영상 찍고, 아이가 자면 그걸 편집하고. 어떻게 편집해야 할지 몰라 밤새 유튜브를 찾아보고 비슷하게 따라해봤다. 편집을 하다 보니 촬영이 중요하다는 것을 알게 되었다. 영상을 1년 정도 하니까 적성에 잘 맞았다. 몇 안 되는 구독자였지만 채널을 구독했다는 사실이 신기했고, 댓글이라도 달리면 너무 기분이 좋았다. 재미있었다. 밤새 작업을 해도 영상을 올릴 생각을 하면 즐거웠다. 비로소 취미가 생긴 것이다. 꾸준히 하다 보니 실력이 붙었고, 구독자 1만 명쯤 되니 그때부터는 취미를 넘어 특기가 되었다. 그리고 마침내 유튜버라는 부캐가 생겼다. 부캐는 내 삶의 전반에 엄청나게 많은 영향을 주었다. 가끔씩 사람들이 나를 알아봤다. 조깅할 때, 지하철로 출퇴근 할 때, 산책할 때 인사해 주시는 분들이 고마웠다. 일을 할 때도 편했다. 회사에서 나는 주로 마케팅 일을 했는데, 같은 마케팅 아이디어를 내더라도 "쟤는 채널을 운영하는 사람이니까 마케팅 채널에 대한 이해도가 높겠지"라는 반응이었다. 외부 미팅에서도 마찬가지였다. 내 목소리에 들어가는 무게가 조금 달라졌다. 스스로도 발전하고 있다는 생각에 자신감이 붙었고 자존감이 올랐다.

취미, 특기가 삶에 끼치는 영향은 실로 엄청나다. 예를 들어 회사에서 가장 친한 동료 중 한 명은 캠핑 장인이다. 매주 캠핑을 간다. 매년 캠핑을 즐긴다. 오토캠핑, 백패킹, 브롬핑 한술 더 떠서 암벽등반까지. 캠핑 브랜드, 장비, 지역까지 모르는 게 없는 고수다. 캠핑 이야기만 하면 눈빛이 바뀐다. 그 눈빛이 그 사람을 매력적으로 만든다. 호감이 가고, 같이 일하고 싶은 마음까지도 들게 한다. 그러다 보니 회사에서 캠핑 관련 마케팅을 할 때면 그에게 조언을 구한다. 취미, 특기가 일과 삶에 끼치는 영향은 그야말로 방대하다. 아마 대부분의 사람들은 이렇게 말할 거다.

"저는 아직 이렇다할 취미도, 특기도 못 찾았어요⋯."

이제는 알겠다. 취미, 특기는 찾는 게 아니라는 것을. 하늘에서 뚝 떨어지는 게 아니라 스스로 만들어야 한다는 것을. 억지로라도 취미를 만들기 위해 등산도 해보고, 탁구도 해보고, 농구도 해보고, 그림도 그려보고, 악기도 연주해보는 거다. 진짜 아무거나 콕 찍어서 꾸준히 하다 보면, 내 적성에 맞는지, 영 아닌지 알게 될 거고, 그걸 반복하다 보면 결국 나만의 취미를 찾게 된다.

취미가 없는가? 그럼 적극적으로 만들어보자.

한번 사는 인생, 우리도 취미, 특기 한번 만들어보자!

20년 전 내 친구들은
뭐하고 있을까?

2001년 고등학교 졸업식. 담임선생님을 마지막으로 보는 날이다. 선생님은 우리에게 선명한 메시지를 남겼고, 20년이 지났지만 나는 그날 선생님의 말투와 손짓, 억양이 생생하게 떠오른다. 1년 내내 반말하시다가 갑자기 존댓말을 하셔서 그런지, 아니면 마지막이란 생각 때문인지 그 말의 여운은 오래 남았다.

"여러분, 이제 여러분의 고등학교 생활은 끝났습니다. 수능도 끝이 났고, 그 결과로 몇몇은 취업을 하게 될 것이고, 몇몇은 대학에 들어가게 될 것입니다. 그리고 몇몇은 다시 수능을 준비하겠지요. 그런데 원하는 대학, 좋은 대학에 들어갔다고 너무 좋아할 것도 없고, 대학 진학에 실패했다고 슬퍼할 것도 없습니다. 비록 우리는 3년간 대학이라는 목표를 위해서 달려오긴 했지만, 나중에 여러분이 잘 살고 못 살고, 돈을 잘 벌고 못 벌고는 대학과는 전혀 상관이 없습니다. 여러분은 마치 수능이 세상의 끝, 기회의 끝인 것처럼 달려왔지만, 사실 세상에는 끊임없이 기회가 있습니다. 여러분의 삶이 대학으로 결정된다고 생각하겠지만, 진짜 삶은 이제 시작입니다. 여러분 옆을 보세요. 싸움 잘하는 친구, 공부 잘하는 친구, 밝은 성격의 친구, 그저 평범한 친구 다 다르죠? 아마 잘 느끼지 못하겠지만 여러분들이 마흔 즈음이 되어 뒤돌아보면 알게 될 것입니다. 학교 등수로 세상이 결정되지 않는다는 것을요. 인생은 성적순이 아니라는 것을요. 지금은 아무리 이야기해도 모르겠지만, 여러분들도 언젠가 깨닫게 될 것입니다. 지난 1년간 수고 많았고, 넓은 세상에 나가서 멋진 삶을 살기 바랍니다."

그 시절의 나는 인생이 성적순이든 아니든 상관없었다. '나는 공부 빼고 뭘 해도 잘할 거야'라는 자신감에 충만해 있던 시절이었다. 걱정이 없었고, 20살이 되면 독립할 생각만 하던 사내였다. 그런데 선생님의 마지막 말씀을 듣던 날, '아… 이제 나의 10대가 끝난 건가?'라는 약간의 아쉬움과 어른이 된다는 기대감과 설렘이 겹치면서 아주 잠시 미래를 생각하게 되었다. '정말 그럴까?'라는 의문도 들었다. 우리 반 애들은 어떻게 살게 될까? 나는 어떤 어른이 될까? 미래의 나는 잘 살고 있을까?

드디어 20년이 흘렀다. 이제 내가 선생님의 나이가 되었다. 오랜만에 고등학교 앨범을 펼쳐보니 선생님 말이 맞았다. 그래서 한 명, 한 명 안부를 묻고, 몇몇 친구들의 인터뷰를 했다(인터뷰 영상은 유튜브 무빙워터 채널에서 볼 수 있다). 인생은 성적순이 아니었다. 기억이 가물가물한 친구들도 있고 확 눈에 띄는 친구들도 있다. 열 명 정도를 제외하고는 연락하는 친구는 없지만 가끔 결혼식이나 장례식장에서 친구들의 이야기를 들어보면 사는 모습이 각양각색이다.

우리 반 1등을 놓치지 않던 친구는 서울대에 합격했지만 경찰대를 갔다. 그곳에서 아내를 만나 결혼해서 경찰 부부가 됐다. 2~3등 사이를 오갔던 녀석은 명문대에 들어가서 고시 준비를 하다가 결국 금융회사에 취직했다고 들었다. 공부도 잘하고 음악도 잘하던 친구는 서울대 음대에 수시 합격했다. 지금 들어보니 학교 그만두고 목사가 되었다고 한다. 삼수해서 한의대에 간 친구는 얼마 전 한의원을 개원했고, 똑같이 삼수해서 강남대에 갔던 친구는 150억 자산가가 되었다. 지방대 다니면서 그 흔한 토익점수 하나 없었던 친구는 굴지의 패션회사에 들어가서 승승장구하고 있고, 나보다도 공부를 못했던 손흥민 닮은 어떤 녀석은 농협에 들어가서 사내 커플이 되었다. 10등 정도 하던 나랑 같이 검도를 배웠던 친구는 일찍부터 취업해서 결혼을 하더니 하던 일 때려치우고 30살에 항공대학교에 다시 입학해 대한항공에서 엔진을 만지고 있었다. 얼마 전에 연락하니 코딩을 배우고 있다고 한다.

대학 진학이 아니라 취업을 준비하던 녀석들은 한 명은 카센터에서 일하고 있고, 한 명은 인테리어 사업을 한다고 들었다. 공부도 어중간하고 존재감이 별로 없던 어떤 친구는 7급 공무원인가? 고시인가? 패스해서 공무원으로 잘나간다고 하고, 어떤 친구는 아버지 사업을 물려받았다고 했다. 48명 중 한 45등 정도 하던 내 짝은 맨날 만화만 그리더니 미대에 가서 만화가가 되었다. 학교에서 만화를 가르치다가 같은 학교 선생님과 결혼해서 잘 살고 있다. 48명 중 48등 정도 했을 것 같은 공부랑 담 쌓고 살던 친구 한 명은 결혼해 남해 근처에서 살고 있는데, 인터넷에서 아주 유명한 핫 플레이스 사장이라고 한다. 30등 하던 친구는 회사 잘 다니다가 때려치우고 갑자기 목수가 되었다고 하고, 목사가 되겠다던 친구는 정말 목사가 돼서 모교에서 일하고 있다고 한다. 25등 정도 하던 일본을 좋아했던 오타쿠 같던 친구는 지금도 일본을 좋아한다고 한다. 일본에서 물건 떼어다가 팔았다고 한다. 들어보니 3명은 일본에서 자리 잡고 잘 살고 있다고 한다. 보험회사 팀장이 되었다는 애들도 있고, 어떤 녀석은 아파트 경비 사무실에서 일한다는 소식도 들었다. 유난히도 힘이 좋던 백성열이란 친구는 우리나라 팔씨름 통합 챔피언을 8년 동안 내어주지 않았다고 한다.

우리 모두 같은 날 같은 학교에 있던 친구들이었다. 모두 같은 수업을 듣고, 같은 시절을 보냈다. 도무지 걔들이 이런 사람이 될 것이라는 상상을 해본 적이 없었다. 근데 왜 이렇게 사는 것이 제각각인가? 도대체 무엇이 인생을 여기까지 이끌었던 것인가?

선생님 말이 맞았다. 인생은 성적순이 아니었다. 고등학교 성적이 다가 아니고, 대학도 끝이 아니었다. 어느 정도 학창 시절의 이미지대로 사는 친구들도 있었지만, 정말 매칭이 안 될 정도로 의외의 삶을 사는 친구들도 많았다. 고등학교를 졸업하고 지난 20년 동안 얼마나 많은 일들이 있었겠는가? 누군가는 책을 읽다가 정신 차리고 열심히 살게 되었을 것이고, 누군가는 이끌어주는 귀인을 만나서 삶이 바뀌게 되었을 것이고, 누군가는 사업하다 실패하기도 했을 것이고, 누군가는 큰 굴곡 없이 평탄한 삶을 살았을 것이고, 누군가는 아무런 도전 없이 시간을 보내다가 아직도 학창 시절에 머물러 있을지도 모르겠다.

내가 그 한 명, 한 명의 삶을 알 길은 없지만, 지금 제법 잘 살고 있는(좋은 직업을 가지고 돈을 잘 벌고 행복해 보이는) 녀석들 이야기를 들어보면 주로 한 우물만 파거나, 새로운 길에 도전하거나, 혹은 삶의 어느 순간에 엄청 열심히 살았던 친구들이었다.

앞으로 20년 뒤 내 친구들은 어떻게 변해 있을까? 지금과 또 다른 모습일지도 모르겠다. 40대의 잘 사는 기준과 60대의 잘 사는 기준은 다르니까 말이다.

인터넷에 떠도는 '성공한 인생'이라는 짤이 있다.

✦ 10대: 부모님 잘 만나면 성공
✦ 20대: 학벌이 좋으면 성공
✦ 30대: 좋은 직장에 다니면 성공
✦ 40대: 2차 쏠 수 있으면 성공
✦ 50대: 공부 잘하는 자녀 있으면 성공
✦ 60대: 아직 돈 벌고 있으면 성공

- ✦ 70대: 아직 건강하면 성공
- ✦ 80대: 본처가 밥 차려주면 성공
- ✦ 90대: 전화 오는 사람 있으면 성공
- ✦ 100대: 아침에 눈 뜨면 성공

10대와 20대의 나는 망했다. 하지만 다행히도 30대의 나는 성공적이었다. 이제야 비로소 '너무 좋아할 것도 없고, 너무 슬퍼할 것도 없다'는 말이 무슨 의미인지 어렴풋이 알 것 같다. '지금까지 내가 어떤 삶을 살았는가?', '지금 나는 무엇을 가지고 있는가'도 중요하지만, 더 중요한 것은 '어떤 삶을 계획하고 꿈꾸는가?', '그 꿈을 위해 어떤 노력을 얼마나 하고 하는가?'가 더욱더 중요한 것이 아닐까?

'내 친구는 뭐할까?' 그 궁금증을 해결하고 보니 또 한 가지 궁금증이 생겼다. 20년 뒤, 내 친구는 뭐하고 있을까? 그리고 나는 뭐가 되어 있을까? 인생은 로또가 아니다. 그래서 천만다행이다. 인생은 한번에 바뀌는 것이 아니라 매일매일 조금씩 바뀐다. 그래서 20년 뒤의 내 모습이 걱정되진 않는다. 이렇게 하루하루 열심히 살다 보면 멋진 60살의 내가 찾아오겠지.

스스로 행복을 찾는
어른이 되면 좋겠습니다

나는 아빠다. 6살 딸과 1살 아들이 있다. 아이들이 행복한 사람이었으면 좋겠고, 정의로운 사람이었으면 좋겠고, 이왕이면 돈도 잘 벌었으면 좋겠고, 행복한 가정도 꾸렸으면 좋겠다. 폭력은 하지도 당하지도 않았으면 좋겠고, 세상의 모든 다른 부모처럼 나도 아이가 몸도 마음도 건강하게 자라 줬으면 좋겠다. 아들이 좋은 여자 만나 결혼 잘 했으면 좋겠고, 딸이 좋은 남자 만나…. (딸의 결혼은 아직 받아들일 자신이 없다.)

어느 날 아내와 단 둘이 맥주 한잔 마시며 물었다.

"여보, 딱 하나만 고를 수 있다면 아이가 어떻게 자랐으면 좋겠어?"

"여보 먼저 말해 봐!"

요가와 명상을 좋아하는 아내답게 대답한다.

"나는 몸과 마음도 건강한 아이로 자랐으면 좋겠어."

너무 좋은 답변이다. 몸과 마음만 건강하면 더 이상 바랄 것이 없다. 아내의 말에 자동응답기처럼 '나도 같은 생각이야'라고 하면 영혼없다고 생각할까 봐 머리를 잠시 굴리다 나도 모르게 대답이 튀어나왔다.

"여보, 나는 아이들이 스스로 행복을 찾는 사람으로 성장했으면 좋겠어."

아이가 자라면서 얼마나 많은 시련을 겪을까?

친구와의 관계에서 오는 배신감,

사랑하는 사람과의 이별,

다가올 미래에 대한 불안,

어쩌면 불의의 사고를 당할 수도,

질병에 걸릴지도 모른다.

어쩌면 이제까지의 내가 겪어보지도 못할 정도의 시련이, 나에게조차도 감당하기 어려운 시련이 아이에게 오지 말라는 법은 없다.

그런 시련에 부딪쳤을 때 절대 무너지지 않고 자신의 삶을 사랑하는 사람이 되었으면 좋겠다. 그리고 스스로 행복할 수 있는 이유를 찾아 기필코 행복을 찾는 단단한 사람이 되었으면 좋겠다. 자신의 삶을 행복하게 만들 줄 아는 사람은 분명 좋아하는 일을 찾고, 사람들에게 영감을 주고, 주변마저 행복하게 만들 것이다. 무엇보다 자신이 정말로 원하는 삶을 살 수 있다. 아이에게 이 단단함을 가르칠 수 있는 유일한 방법은, 내가 그런 삶을 살아내는 것이다.

힘든 일이 있어도 부서지지 않고,

불확실한 미래를 향해 도전하고,

앞에서 용기를 내어 하고 싶은 일을 열심히 해보고,

툴툴 털고 일어나서 호탕하게 웃으며,

스스로의 삶을 살아내면서 행복한 모습을 보여주는 것이다.

내 기억 속 어머니는 불행한 존재였다. 늘 돈이 부족했고, 턱없이 부족한 돈은 싸움을 야기했다. 이따금씩 일어나는 아버지의 폭력은 어머니를 절망하게 만들었다. 그래서인지 하루 종일 밖에서 일하다 집에 들어오면 "아프다", "힘들다", "바쁘다"를 입에 달고 사셨다.

어머니는 언제나 지쳐 있었다. 하지만 도망치지 않았다. 가난함을 견디고, 아버지의 폭력을 견디고, 뚜벅뚜벅 나가서 일했다. 일찍부터 일하시면서 아마도 집에서 느낄 수 없었던 성취감을 느끼기도 했을 것이고, 어쩌면 해방감을 느꼈을지도 모르겠다.

그런 집이 그토록 싫었던 나지만, 20살부터 자립할 수 있는 힘과 꼿꼿한 자부심은, 20년간 봐온 어머니의 그림자에서부터 시작된 것일지도 모르겠다.

앞으로의 내 삶이 꽃길만 펼쳐질 거라 기대하지 않는다. 아마도 많은 실패와 좌절이 입을 쫙 벌리고 나를 삼키려 할 것이다. 어쩌면 견디기 힘든 일이 생길지도 모르겠다. 그래도 괜찮다. 그때마다 더욱더 힘내서 나의 삶을 살아낼 것이다. 행복할 것이다. 삶을 개척하고 행복을 찾는 모습이 아이에게 조금씩 스며들기를 바라면서 말이다.

중고등학교 때 친구들을 만나면 늘 듣는 말이 있다.

"니가 이렇게 될 줄은 몰랐다."

그건 내가 이렇게 잘 살 줄도 몰랐지만 이렇게 아이를 키울 줄도 몰랐다는 말이다. 나는 인내심이 없고 쉽게 싫증 내고 욕을 입에 달고 사는 학생이었다.

"야야, 됐어 하지 마."

"귀찮아. 안 해."

"대충해라, 대충."

"뭘 그렇게 애를 쓰냐?"

"내비둬, 괜찮아."

친절함과 꼼꼼함 그리고 배려의 모습은 나에게 없었다.

오랜 시간 나에게 배어 있던 습관과 버릇들은 쉽게 없어지지 않았다. 정신 차리고 공부할 때도, 회사에 들어가서도, 결혼해서도. 하지만 아이가 태어나면서 내 모든 세상이 바뀌었다. 이전까지는 세상이 어떻게 돌아가든 관심 없고 내가 살아남기만 하면 되었는데, 이제는 달라졌다. 미세먼지도 사라지고 사회 부조리도 없어졌으면 좋겠다. 세상 자체가 더 살기 좋았으면 좋겠다. 그리고 어떻게 하면 그렇게 할 수 있을지 고민하게 되었다. 정치에도 아주 약간 관심을 가지고 투표도 하게 되었다.

나도 내가 이런 사람이 될 거라고 상상하지 못했다. 아이를 키워야 비로소 어른이 된다는 말이 있다. 맞는 말이다. 그래서인지 어른이 되었지만 슬프지 않다. 아니, 행복하다.

아빠가 줄 돈은 없지만,

할 말이 있단다

＊이 편지는 내 삶을 꽃피워준 사랑하는 소담, 동하에게 바친다.

소담아, 안녕? 이제 막 태어난 지 9개월이 된 너에게 재미있는 이야기를 해줄게. 소담이가 태어나기 훨씬 전에 소정과 동수라는 아이들이 있었는데, 5년의 연애 끝에 결혼을 해서 부부가 되었어. 그 부부에게 3년 만에 아이가 생겼고, 소정이와 동수는 엄마 그리고 아빠가 되었단다. 이 이야기는 엄마, 아빠 그리고 아이가 옹기종기, 아웅다웅 살아가는 이야기인데, 네가 너무 어려서 이 순간을 기억하지 못할 거 같아서 소담이 너를 위해 준비했으니 잘 들어보렴(참고로 해피 엔딩이야).

너의 이름은 이소담(李昭潭)

이소담이란 이름은 엄마, 아빠가 심사숙고해서 만들었어. 아빠의 '이'씨 성을 가져왔고, 엄마의 이름 소정에서 '소' 그리고 이곳 암스테르담의 '담'자를 따서 이소담(李昭潭)이란 이름을 지었어. 우리 세 가족의 뿌리와 암스테르담이라는 낯선 곳에서의 출발을 의미하는 것인데 어때, 마음에 드니?

소담이가 생기기 전 엄마는 네덜란드로 해외 파견을 가서 엄마와 아빠는 2년간 떨어져 살았단다. 사실 소담이가 태어나면 엄마는 휴직을 하고 한국에서 살기로 했는데 어쩌면 엄마, 아빠 모두 '육아휴직은 여자가 하는 거다'라는 고정관념이 있었나봐. 그런데 알고 보니 네덜란드가 '아이가 행복한 나라'에 항상 손 꼽히더라? 엄마, 아빠는 '아이가 행복한 나라에서 우리 세 가족이 1년 동안 똘똘 뭉쳐 살아보면 어떨까?' 하는 생각이 들었어. 아빠가 살고 있는 2018년도는 남자가 육아휴직을 한다고 하면 "응? 뭐? 진짜? 어이없네?"라는 반응이 나오는 시대지만, '까짓 것 뭐!' 하면서 휴직을 지르고 네덜란드로 와버렸어. 어때? 엄마, 아빠 멋지지?(사실 대출이 졸리긴 했어) 그리고 아빠는 주부의 삶이 시작되었지.

주부(主婦)의 삶(주부; 한 가정의 살림살이를 맡아 꾸려가는 안주인)

　주부의 삶이 고되냐고? 응, 고돼. 밥 먹고 설거지하면 또 밥을 해야 하고, 청소는 해도 해도 끝이 없어서 이걸 왜 하고 있는지 모르겠고, 무슨 빨래가 그리 많이 나오는지…. 하루가 휙 지나가는데 이건 완전 시간을 도둑맞은 기분이야. 또, 씻으려고 화장실에 들어가면 소담이가 울어서 잘 씻지도 못하고 꼬질꼬질한 모습으로 살고 있어(사실 안 씻은 건 핑계야). 이렇게 힘든 주부인데, 만약 누가 주부를 무시하는 사람 있으면 "야! 그럼, 니가 해 봐!" 하고 행주를 얼굴에 팍! 던져버릴 수 있을 것 같아. 그동안 회사 다니면서 집안일까지 했던 엄마가 너무 존경스럽더라.

주부의 삶이 행복하냐고? 응! 너무너무 행복해. '이놈의 밥 또 먹어서 뭐하나' 하고 밥을 하고 있으면, 소담이는 놀아달라며 아빠한테 손 벌리고 삐약거려. 그럼 아빠가 어떻겠니? 행복하겠지? 당연히 얼굴에 미소 한가득이지. 아빤 아무리 배가 안 고프고 소담이랑 계속 놀아주고 싶어도 엄마 밥은 해야 해. 엄만 돈을 벌거든. 장난감이 온 바닥에 널브러져 있어도, 장난감하나하나 손가락으로 만져보며 호기심에 가득 찬 너의 눈을 바라볼 때면, 네가 천재인 것 같은 느낌적인 느낌, 확신 같은 확신이 들어. 빨래를 하다가 한두 번밖에 안 입은 옷이 작아져서 더 이상 입지 못하는 걸 보면 '언제 이렇게 컸나' 싶다가도 지금 이 행복한 순간이 너무 빨리 지나가버릴 것 같아 아쉽기도 해. 그리고 '역시, 아기 옷은 좋은 거 사면 안 돼'라고 다짐해. 사준 적도 없으면서 말이지.

주부의 삶이 행복하냐고 묻는다면, 아빠의 대답은 당연히 YES. 아빠가 기대했던 것보다 백배 정도는 더 행복한 것 같아.

아빠의 힘!

소담이가 태어난 후 중요한 건 뭐든 엄마가 세심하게 신경 써 줬어. 아프지 말라고 예방접종부터 시작해서 젖병, 기저귀, 이유식까지 소담이의 성장을 위해서 필요한 건 엄마가 꼼꼼하게 다 챙겨주고 있어. 엄마의 단단한 보호막 속에서 소담이는 잘 자라고 있단다. 아빠가 잘하는 건 소담이랑 놀아주기야. 엄마는 아빠보다 5살이나 어리지만, 정신 연령은 아빠가 엄마보다 20살 정도 낮아서 소담이랑 더 잘 놀거든. 그리고 아빠는 엄마보다 힘이 세서 소담이랑 몸으로 놀기에 최적화되어 있어. 가만히 있는 너의 옆구리를 간지럽히고, 수염 난 아빠 얼굴로 소담이 얼굴에 부비적거렸다가, 느닷없이 번쩍 안았다가 휙 내려놓기를 반복하면 어느새 넌 침 흘리며 웃고 있어. 소담이는 침을 좀 많이 흘리긴 해. 웃는 네 모습이 너무 사랑스러워 계속 계속 반복하다 보면 어느새 울긴 하더라.

슈퍼맨 아빠 육아의 치명적 결함!

슈퍼맨같이 힘이 센 아빠지만 정말 못하는 게 있어. 바로 외출복을 고르는 일이야. 생각해보니 진짜 슈퍼맨도 팬티를 바지 위에 입는데, 슈퍼맨들은 원래 패션 센스가 꽝인가 봐. 아빠가 아무리 깔맞춤을 해도, 아무리 노력을 해도 엄마한테 맨날 혼나. 엄마 눈에는 성이 안 차나 봐. 아빠 눈에는 이쁜데 말이야.

어때? 우리 가족 재미있어 보이니? 아는 사람 한 명 없는 낯선 곳에서 세 가족이 똘똘 뭉쳐서 살다 보니 좀 더 서로에게 의지하며 살 수 있는 것 같아. 조금 웃기지만, 아주 작은 소담이가 마치 큰 기둥 같을 때가 있어. 그 기둥으로 인해서 엄마, 아빠도 흔들리지 않고 행복한 집을 만들 수 있는 것 같아. 평생 한 팀이 되었으니, 앞으로도 잘해보자구나. 사랑한다, 우리 딸. 그리고 이소정.

소담아, 안녕? 너에게 두 번째 편지를 써. 아빠가 육아휴직을 하고 우리 가족이 잠시 살고 있는 네덜란드는 '아이 행복 지수 1위'로 유명세를 떨치고 있어. 덕분에 아빠는 주변 사람들의 부러움을 한몸에 받고 있단다. 오늘은 네덜란드 문화 속에서 우리 가족이 어떻게 알콩달콩 사는지 말해줄게.

아빠의 날!

네덜란드에는 '아빠의 날'이란 말이 있어. 네덜란드 대부분의 아빠들은 약 180일 정도 육아휴직이 있는데 우리나라처럼 한번에 쓰지 않고 일주일에 하루씩 나누어 몇 년간 사용해. 주 5일 중 4일 일하고 하루는 쉬면서 아이와 하루 종일 함께 시간을 보내는 거야. 물론 엄마들 대부분도 같은 방법으로 육아휴직을 사용하기 때문에 주 5일 중 이틀은 온전히 부모와 함께 지낼 수 있어. 탄력 근무도 매우 보편적이어서 주당 평균 근무 시간도 29시간으로 굉장히 짧아. 부모가 함께 아이를 키울 수 있는 사회적 기반이 잘 조성된 환경이 부럽더라(평균 근무 시간은 많이 부럽고). 지금 소담이는 일주일에 5일이 아빠의 날이지만 1년 뒤 한국에 돌아가면 상황이 많이 바뀔 거야. 엄마, 아빠는 맞벌이고 한국은 근무 시간도 길어서 소담이랑 함께 있는 시간이 지금만큼 많지는 못할 거야. 그렇지만 걱정 마. 아빠가 휴직하고 소담이를 키우면서 깨달은 것이 있거든. 바로, 소담이랑 함께 시간을 보내는 것이 회사 일보다 중요하고, 술 마시는 것보다 즐겁다는 거야. 한국으로 돌아가더라도 아빠가 야근, 회식 없이 칼퇴하고 얼른 집에 가서 소담이랑 같이 놀겠다고 약속할게.

엄마, 아빠의 관심사!

아빠, 엄마는 소담이가 언제 처음 글자를 읽을 수 있을지는 별로 관심이 없어(아빠는 아직도 맞춤법이 꽝이야). 소담이가 피아노를 잘 쳤으면 좋겠지만 재능이 꽝이라도 좋아. 안 치면 되니까. 다만 소담이가 공부, 운동, 미술 등에 재능이 없다는 걸 스스로 깨닫게 되더라도 기죽지 않고 자랐으면 좋겠어. 그리고 소담이가 자라서 어떤 학교를 다니고, 어떤 직업을 선택하고, 어떤 사람과 결혼을 해서, 노후 준비는 어떻게…. 잠깐만. 너무 멀리 갔다. 넌 아직 8개월인데….

2018년 10월로 돌아와 볼게. 소담이를 향한 엄마, 아빠의 최대 관심사는 네가 배고프지 않게 많이 먹었는지, 똥은 적당한

묽기로 썼는지, 소화시키지 못한 것은 없는지, 키가 쑥쑥 클 수 있도록 잠은 푹 잤는지야. 그리고 소담이가 얼마나 자주 웃는지, 크게 웃는지, 어떻게 하면 더 많이 웃게 만들 수 있는지도 정말 정말 관심이 많아. 다른 사람들에게 쉽게 안기는지, 친구들과 어울려 놀 줄 아는지, 너의 장난감을 친구에게 빌려줄 수 있는 아이로 클 수 있는지가 관심사야.

엄마, 아빠가 소담이에게 선물해주고 싶은 유년 시절은 글자나 숫자같이 세상을 살아가는 데 필요한 재주가 아닌 그냥 즐겁기만 하고 마냥 유쾌하기만 한 유년 시절의 기억이야. 즐겁게 추억할 수 있도록.

엄마, 아빠의 바람!

어느 날 엄마, 아빠가 소담이랑 산책을 하는데 초등학교 5학년쯤 되어 보이는 소년이 우릴 보고 걸어왔어. 환하게 웃으면서 네덜란드어로 뭐라고 말하길래 "미안하지만, 우린 네덜란드어를 못해"라고 했더니, 대뜸(무려 영.어.로) "아기가 너무 귀여워요"라며 네 손가락을 조심스레 만지더라? 어린 나이에도 불구하고 서슴없이 영어로 이야기하는 소년을 보고 네덜란드의 영어교육 수준이 부럽기도 했어. 하지만 아빠가 정말 샘이 났던

게 뭔 줄 아니? 한눈에 봐도 외국 사람인 우리를 보고 망설임 없이 인사하고 말을 하는 모습이었어. 그래서 그 소년에게 "우리 딸도 너처럼 밝게 자랐으면 좋겠다"고 말했더니, 갑자기 깔깔 웃으면서 네가 남자인 줄 알았다는 거야. 엄마, 아빠가 더 크게 깔깔 웃었어(심지어 옷도 핑크색을 입고 있었거든). 엄마, 아빠는 소담이가 다른 사람들에게 쉽게 다가가서 이야기하고 친절을 베풀 줄 아는 사람이 되었으면 좋겠어. 엄마, 아빠가 최선을 다해 모범을 보여줄게.

어때? 네덜란드에서의 삶이 마음에 드니?

사실 이곳은 아이가 자라기 좋은 환경이라곤 하지만, 아직 너무 어린 소담이에게는 해당되지 않는 것들이 많아. 그러고 보면 아직은 너무 어린 소담이를 행복하게 해줄 수 있는 건 정책보다는 엄마, 아빠의 마음가짐인 것 같아. 소담이에겐 엄마와 아빠가 세상의 전부일 테니까. 너에게 살짝 고백을 하자면 아빠는 가끔 밥 주는 걸 깜빡하기도 하고, 똥 싼 것도 모르고 한참 동안 방치하기도 하고, 널 재우다가 내가 먼저 잠들기도 해. 그리고 아직 8개월밖에 되지 않은 너에게 TV를 보여줄 때도 있어(아빠 그때 웹툰을 봐!). 이쯤 되면 너도 눈치챘겠지만, 아빠, 엄마의 육아 방식은 완벽하지 않아. 조금, 어쩌면 많이 서툴지도 모르겠어. 그렇지만 소담이가 방끗방끗 꺄르르 웃는 걸 보면 꽤 행복한 아이로 자라고 있는 것 같아. 지금은 '아이 행복 지수 1위'라는 네덜란드에 살고 있지만, 네덜란드가 아닌 어떤 곳에서도 소담이가 행복한 아이로 자랄 수 있도록 노력할게. 완벽하지는 않지만, 완전히 소담이를 사랑해.

소담아 안녕? 벌써 너에게 쓰는 세 번째 편지야. 아빠가 육아 휴직한 지 벌써 7개월이나 됐고 소담이는 이제 10개월이야. 오늘은 하루 종일 소담이 행동을 관찰했어. 그러면서 네가 얼마나 사랑스러운 아이인지 적어봤는데 한번 들어볼래? 오늘 편지의 주제는 '널 사랑해'야.

아빠는, 쌍꺼풀도 없고 작은 눈으로 생끗생끗 웃는 너의 눈을 사랑해. 너의 시대는 무쌍꺼풀에 작은 눈이 대세가 되길 바랄게. 코보다 더 높이 솟은 너의 볼을 사랑해. 뽁뽁 누르면 소리가 날 것 같아서 계속 누르게 돼. 앞으로 툭 튀어나온 너의 입술은 너무 예뻐서 아빠가 매일매일 훔치고 있어. 낯선 사람들이 있으면 조금 졸아 있는 듯한 너의 풋풋함을 사랑해. 엄마 닮아서 유난히 긴 발가락을 사랑해. 무좀은 절대 안 걸릴 거라고 장담할게. 침을 흘리며 아빠를 향해 웃어주는 너를 사랑해. 그 많은 침은 어디서 나올까? 아빠가 누워 있으면 은근슬쩍 옆으로 기어와서 내 배를 넘어가는 너. 은근 매력 있어.

까꿍 놀이를 할 때 아빠가 숨어 있는 곳으로 아장아장 기어

오면, 나도 모르게 널 향해 기어가고 있어. 아빠 닮아서 흐린 눈썹을 사랑해. 미안, 나중에 네가 그려 넣어. 너의 허벅지를 사랑해. 엄마, 아빠는 코끼리 다리라고 불러. 분유랑 이유식을 양껏 먹은 너의 부푼 배를 사랑해. 부처님같이 너그러워 보이고 착한 아기 같아. 아빠가 안아줄 때 아빠 가슴에 살포시 기대어주는 너를 사랑해. 그건 정말이지 힐링이야.

절대 잠들지 않으려고 버티면서 자꾸만 눈이 감기는 널 사랑해. 자는 게 왜 싫을까? 난 좋은데. 유모차만 타면 잠이 드는 너를 사랑해. 아빤 너에게 네가 집에만 있으면 답답할까 봐 산책하는 건데, 넌 산책만 하면 자더라? 오물오물 이유식을 먹는 너의 입모양을 사랑해. 이빨도 없는데 어쩜 그리도 잘 씹는지. 역시 이가 없으면 잇몸으로 씹어야 하나 봐.

아침에 일어나서 손 벌리고 환히 웃어주는 너를 너무너무 사랑해. 세상 최고의 아침이야. 널 웃기려는 아빠를 무표정하게 쳐다보는 너의 눈빛을 사랑해. 시크한 게 매력 있어. "음빠", "음똬" 하는 너의 옹알거림을 사랑해. 나도 처음에 아빠, 엄마 하는 줄 알았어. 근데 네덜란드 아기들도 "음빠", "음똬" 하더라. 내 귀에는 '아빠'라고 들리는 걸 어쩌겠니. 바나나를 먹었을 때 눈이 동그래지면서 입꼬리가 올라가는 너의 표현력은 일품이야. 지금도 입에 침이 고일 정도야. 옆구리를 쿡쿡 찌르면 '까르르르' 웃다가 조금 더 하면 바로 울어버리는 너의 변덕을 사랑해. 변덕은 엄마에게서 온 거니깐.

넌 눈도 작고 볼도 탱탱하고, 배도 산만하지만 이상하게 정말 정말 예뻐. 정말이야. 나중에 네가 사진으로 봐봐, 정말 예뻐! 아빤, 예쁜 소담이를 온전히 사랑하고 있어.

오늘 딱 하루 관찰했을 뿐이지만, 아빠가 소담이를 얼마나 사랑스러워 하는지 적으려면 아직 멀었어. 훨씬 많아. 잠잘 때 들리는 너의 숨소리를 듣는 것. 나보다 두 배는 빨리 뛰는 너의 심장 소리. 심지어 똥만 잘 싸줘도 너무 고마운 걸.

그러니, 소담아! 소담이도 소담이를 사랑해줄래? 언젠가 네가 많이 지치고 힘들 때, 스스로 실망스럽고 자괴감이 들 때도 꿋꿋이 자신을 믿고 사랑하는 소담이가 될 수 있겠니? 가장 먼저 자신을 사랑하고 다른 사람들에게도 그 사랑을 나누어주는 어른이 되어줄 수 있겠니?

우리 딸, 너무나 사랑한다.

소담아 안녕? 아빠가 육아휴직을 하면서 소담이에게 쓰는 마지막 편지야. 아빠가 휴직을 하고 소담이랑 24시간 같이 있으면서 '우리 딸은 올바른 사람으로 자라 줬으면 좋겠다'는 생각을 많이 해. 몸도 마음도 건강한 사람, 타인에게 친절한 사람, 마음이 따뜻하고 작은 것에도 감사하는 사람, 자신의 삶을 살아갈 줄 아는 멋진 사람이 되었으면 좋겠다고 바라기도 해. 그러다 문득, 어쩌면 나도 소담이가 학교를 가면 공부를 강요하고, 좋은 성적, 좋은 대학 그리고 사회가 원하는 방향으로 강요하는 아빠가 될 수도 있겠다는 생각이 들었어. 그래서 오늘은 아빠가 소담이에게 20년간 유지될 세 가지 공약을 할 거야. 어때? 통 크지?

"저 애랑 놀지 마!"

언젠가 소담이가 학교를 가게 되면 그때부터는 정말 많은 친구들을 만나게 되겠지? 친구들 중에는 공부를 잘하는 친구, 운동을 잘하는 친구, 춤을 잘 추는 친구, 날라리 같은 친구, 머리가 나쁜 친구, 돈이 많은 친구랑 가난한 친구 등 정말 많은 친구들을 사귀게 될 거야.

아빠가 웃긴 이야기해 줄까? 아빠 고3 시절 갑자기 담임선생님이 아빠를 교무실로 부르더니 "너, S랑 놀지 마! S는 좋은 대학 가야 하는데 니가 방해하면 되겠어?"라고 말하더라? 아마 고등학교 시절의 아빠는 '공부 못하는 날라리 같은 친구'로 분류가 되었던 모양이야. 결론부터 말하자면 그 친구는 지금 훌륭한 경찰이 되었고 지금까지도 아빠의 가장 친한 친구 중 한 명이 되었단다.

소담아, 친구란 건 돈이 많은지 적은지, 공부를 잘하는지 못하는지, 나에게 도움이 될지 안 될지는 하나도 중요하지 않아. 친구란 너의 마음을 알아주고 너에게 마음을 여는 사람이야. 소담이가 친구를 소개시켜 준다면 아빠는 누구든지 환영할게(남자 친구는 번외로 하자). 어떤 친구를 만나는지 보다, 네가 어떤 친구가 되어주는지가 훨씬 더 중요하단 걸 잊지 않기를 바라.

"공부 좀 해!"

아빠도 안 했거든. 당연히 아빠도 소담이가 책도 좋아하고, 공부도 잘했으면 좋겠고, 사실 지금도 물려받은 동화책을 슬쩍 슬쩍 읽어주곤 해. 그렇지만 아빤 정말 잘 알아. 공부하라고 아무리 말한다고 하겠니? 아빠 시대에는 '야간자율학습'이란 게 있어서 고3 시절 내내 의무적으로 학교에 오후 10시까지 앉아 있었지만, 아빠의 수능점수는 220점이었어(수학은 24점). 그래도 만약 아빠가 소담이에게 공부하라고 하거든, "아빠! 아빠도 공부 안 하고 멋진 어른이 되었잖아요"라고 말해줄래? 그럼 아빠는 아마 '멋진 어른'이란 말에 기분이 좋아져서 "그래, 까짓 것 공부가 별거냐, 맘껏 놀아!"라고 답해줄 거야(아빤 칭찬에 약하거든). 아빠가 살아보니 공부보다 훨씬 중요한 것들이 엄청나게 많더라. 소담이는 어떤 것을 가장 중요하게 생각할지 모르겠지만, 네가 중요하고 소중하다고 생각하는 것에 더 집중하도록 응원해줄게.

"그러다 뭐가 될래?"

아빠는 어렸을 때 굉장히 내향적이었어. 공부도 지지리 못하고 딱히 잘하는 게 없어서 칭찬을 많이 받지 못했고, "꿈이 뭐야?"라는 질문에 선뜻 대답할 수 없는 아이였어. 그럼에도 불구하고 소담이의 할머니, 할아버지는 아빠에게 무엇을 강요하지 않고 아빠를 천천히 기다려줬던 것 같아. 그래서 아빠도 소담이에게 "이런 대학에 가서, 이런 직업을 가지고, 이러한 사람이 되어라"고 말하지 않을 참이야.

그 대신 소담이가 많은 경험을 쌓고 스스로 결정할 수 있는 힘을 기를 수 있도록 함께 여행도 많이 다니고, 봉사활동도 해보고, 도서관도 가보고, 음악도 운동도 해보면서 소담이가 무엇을 좋아하고 잘하는지 스스로 찾을 수 있게 도와줄게. 언젠가 네가 무엇인가 결정할 수 있는 시기가 되어 "아빠, 나는 이런 사람이 될 거야"라고 했을 때 너의 편이 되어 줄게. 아빠가 네 삶의 가이드가 될 수는 있지만 아빠가 너의 삶을 정해줄 수는 없으니까. 그래도 아빠에게 의견을 묻는다거나 도움의 손을 내민다면 아빤 너무 행복할 거야(이건 네가 애를 낳아보면 알아).

글을 다 써 놓고도 내가 이걸 지킬 수 있을까 조심스럽기도 하지만 부끄럽지 않은 아빠가 되려면 공약을 지켜야겠지? 10년, 20년 뒤 아빠가 이 약속을 지키고 있지 않다면 아빠한테 딱, 말해. "아빠, 이거 안 보여?"

소담이가 어떤 아이로 자랐으면 좋겠다고 생각하기보단, 내가 어떤 아빠가 되어야겠다를 고민하고 노력하는 아빠가 될게. 사랑한다, 우리 딸.

안녕, 동하야!

어느덧 동하를 만난 지 100일이 되었구나. 누나 100일 때는 엄마가 회사에 복직해서 일을 하고 있었는데, 동하 100일 때는 엄마가 온전히 너와 함께 보낼 수 있어서 너무 감사해.

엄마는 동하를 보면 늘 하는 말이 있어.

"어쩜 이런 아이가 나에게 왔을까? 너무 감사하다."

왜냐하면 동하는 엄마가 힘들지 말라고, 50일 전부터 잠도 잘 잤어. 심지어 지금도 밤에 10시간 넘게 규칙적으로 자고 있지. 누나에게 책을 읽어주는 시간에도 옆에서 속싸개만 입히면 스르륵 혼자 잠들었지. 그래서 엄마는 하나도 힘들지 않았어. 오죽하면 캠핑을 가서도 통잠 자줘서, 엄마 아빠는 새벽까지 놀 수 있었지. 고맙다, 아들!

모유 수유도 너무 잘하고, 수유 텀도 엄마가 맞추자는 대로 4시간씩 규칙적으로 맞춰주었지. 낮에 동하랑 유모차 산책을 할 때는 2~3시간은 거뜬히 잠만 자주니 엄마는 힘들지 않단다. 엄마 친구들은 이런 동하를 보고 '유니콘'이래. 세상에 이런 아이는 존재하지 않다는 거지. 호호호호. 정말 그런 것 같아! 어떻게 이런 아이가 나에게!

아이를 하나 키우다 둘을 키우게 되면 정말 힘들다는 것을 알기에, 엄마는 막연한 두려움과 걱정이 앞섰단다. 그런데 웬일이야, 엄마가 몸 빨리 회복되고 심적으로 안정되도록 옆에서 지켜봐주고 기다려주다니. 엄마가 나중에 이 편지로 너에 대한 감사함을 오래 기억하고 싶다.

동하야!

앞으로도 너와 가장 많은 시간을 보낼 사람이 엄마라는 것이 설렌다. 엄마인지 알아봐주고, 엄마를 제일 좋아해주고, 눈을 맞추며 웃어주는 찬란한 앞날들이 기다려져. 그것만 생각하면 얼마나 좋은지 모른단다.

100일을 지내는 동안 코로나에 걸려서 고열과 콧물로 아프기도 했지만, 크게 아프지 않고 엄마 옆에서 새근새근 잠든 모습을 보면 엄마는 마냥 고마워!

조리원 퇴소할 때까지 울음소리가 안 들릴 만큼 순했던 동하가, 집에 와서도 아빠, 엄마, 소담이 누나를 더 따뜻하게 해줘서 우리 가족은 너무 행복해.

아들은 처음 키워봐서 늘 기대감으로 하루하루를 채워가지만 이 또한 지나가겠구나 생각하면 시간을 붙잡고 싶은 마음뿐이야.

동하야, 엄마 배 속에 와줘서 고맙고, 우리 가족이 되어줘서 고맙고, 엄마에게 작지만 소중한 존재라는 것을 알게 해줘서 고마워. 사랑한다.

동하의 100일을 기념하며 엄마가

언젠간 **잘**리고,
회사는 **망**하고,
우리는 **죽**는다!

1판 1쇄 발행 2022년 7월 22일
1판 3쇄 발행 2022년 11월 11일

지은이 이동수(무빙워터)

발행인 양원석 **편집장** 정효진
디자인 김유진, 김미선 **영업마케팅** 양정길, 윤송, 김지현, 정다은, 박윤하

펴낸 곳 ㈜알에이치코리아
주소 서울시 금천구 가산디지털2로 53, 20층 (가산동, 한라시그마밸리)
편집문의 02-6443-8847 **도서문의** 02-6443-8800
홈페이지 http://rhk.co.kr
등록 2004년 1월 15일 제2-3726호

ISBN 978-89-255-7780-7 (03810)

※ 이 책은 ㈜알에이치코리아가 저작권자와의 계약에 따라 발행한 것이므로
   본사의 서면 허락 없이는 어떠한 형태나 수단으로도 이 책의 내용을 이용하지 못합니다.

※ 잘못된 책은 구입하신 서점에서 바꾸어 드립니다.

※ 책값은 뒤표지에 있습니다.